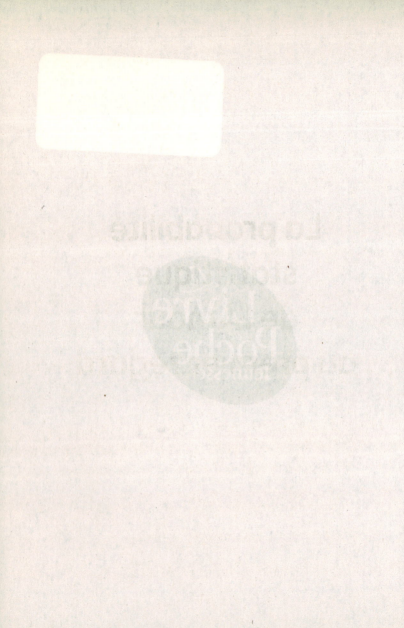

La probabilité statistique de l'Amour au premier regard

Jennifer E. Smith

Jennifer E. Smith est un auteur de littérature pour jeunes adultes, originaire de Chicago. Ses livres connaissent un succès mondial, et ont été traduits dans plus de vingt-cinq langues.

Elle vit aujourd'hui à New York où elle travaille en tant qu'éditrice.

JENNIFER E. SMITH

La probabilité statistique de l'Amour au premier regard

Traduit de l'anglais (États-Unis)
par Frédérique Le Boucher

L'édition originale de cet ouvrage a paru en langue anglaise
chez Little, Brown and Company, a division of Hachette Book Group, Inc.,
sous le titre :
THE STATISTICAL PROBABILITY OF LOVE AT FIRST SIGHT

Graphisme de couverture : fannyetflora.com
Photographie : © Johan Mård-plainpicture/Folio Images
© 2011 by Jennifer E. Smith

© Hachette Livre, 2012, pour la traduction française.
© Librairie Générale Française, 2014, pour la présente édition.

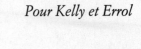

Et Ô il y a des jours sur cette terre
qui valent la peine de vivre
et la peine de mourir !

◆◆◆

Charles Dickens,
L'Ami commun

Prologue

Il aurait pu arriver tellement de choses pour que ça se passe autrement.

Non mais imagine qu'elle ne l'ait pas oublié, ce livre. Elle n'aurait pas eu besoin de retourner à toutes jambes à la maison pendant que sa mère attendait dehors et que le moteur tournait, crachant dans le crépuscule bleuissant son nuage de gaz d'échappement.

Ou même avant : tiens, et si elle n'avait pas attendu le dernier moment pour essayer sa robe. Elle aurait pu se rendre compte plus tôt que les bretelles étaient trop longues, et sa mère n'aurait pas eu besoin d'aller repêcher son vieux nécessaire à couture *in extremis*, transformant la table de la cuisine en table d'opération pour tenter de sauver cette pauvre brassée de soie mauve moribonde.

Ou plus tard : si elle ne s'était pas encore débrouillée pour se couper sur le fil du papier en imprimant son billet ; si elle avait su ce qu'elle avait bien pu faire de ce maudit chargeur ; s'il n'y avait pas eu tant de circulation sur la route de l'aéroport. Si elles n'avaient pas raté la sortie, ou si elle n'avait pas farfouillé dans le porte-monnaie au péage, les pièces roulant lamentablement sous le siège pendant que les conducteurs derrière elles écrasaient leurs klaxons.

Si la roue de sa valise n'avait pas été tordue.

Si elle avait couru un tout petit peu plus vite vers la porte d'embarquement…

Mais peut-être que ça n'aurait rien changé, de toute façon.

Et peut-être que là n'est pas la question. Peut-être que tous ces retards à répétition n'ont rien à voir dans l'histoire. Peut-être que si ça n'avait pas été ça, ç'aurait été autre chose : la météo au-dessus de l'Atlantique ; la pluie tombant sur Londres ; de menaçants nuages d'orage qui traînassent ne serait-ce qu'une heure de trop, avant de poursuivre leur petit bonhomme de chemin. Hadley n'est pas du genre à croire à des trucs comme la fatalité, le destin… Mais bon, elle n'a jamais vraiment cru en la ponctualité des compagnies aériennes non plus.

Qui a déjà entendu parler d'un avion qui partait à l'heure, d'ailleurs ?

Elle n'a jamais raté son avion avant. Pas une fois. De sa vie.

Pourtant, quand elle arrive enfin à la porte d'embarquement, c'est pour trouver les hôtesses en train de barrer l'accès et d'éteindre leurs PC. La pendule au-dessus d'elles indique « 18 h 48 » et, juste derrière la vitre, l'avion trône comme quelque imprenable forteresse de métal. À voir leur tête, il est clair que plus personne ne monte à bord de cet engin.

Elle a quatre minutes de retard. Ça ne paraît quand même pas grand-chose, quand on y pense. Quatre minutes, qu'est-ce que c'est ? Une pub à la télé ; un interclasse ; le temps de chauffer un plat au micro-ondes. Quatre minutes, ce n'est rien. Tous les jours, dans tous les aéroports du monde, il y a des gens qui attrapent leur avion au dernier moment, qui soufflent comme des bœufs en fourrant leurs sacs dans le casier à bagages et s'écroulent sur leurs sièges avec un soupir de soulagement pendant que l'avion prend son envol.

Mais pas Hadley Sullivan, non. Hadley Sullivan qui laisse tomber son sac à dos, plantée devant le mur de verre, à regarder l'avion se détacher de la passerelle en accordéon pour se diriger vers la piste. Sans elle. De l'autre côté de l'Atlantique, son père porte un dernier toast, et le personnel de l'hôtel, ganté de blanc, brique l'argenterie pour la réception du lendemain. Derrière elle, le garçon avec la place 18-C sur le prochain vol pour Londres mange un beignet sans même faire attention au sucre glace qui tombe sur sa chemise bleue.

Hadley ferme les yeux, oh ! juste un instant. Quand elle les rouvre, l'avion est parti.

Qui aurait pu imaginer que quatre minutes allaient tout changer ?

1

New York : 18 h 56
Londres : 23 h 56

Les aéroports sont de vraies chambres de torture quand on est claustrophobe.

Ce n'est pas tant l'angoisse du vol qui se profile dangereusement à l'horizon – te retrouver coincée dans ton siège comme une sardine en boîte, et puis catapultée à travers l'espace dans un étui à cigare volant –, mais aussi le terminal à lui tout seul : cette masse de gens, ce stress, ce chaos ambiant, un bourdonnement incessant de sons et de mouvements, un manège tourbillonnant à te filer le tournis, rien qu'agitation et bruit, brouhaha et hystérie, le tout emmuré de verre comme une espèce de monstrueuse fourmilière sous serre.

Et ce n'est qu'un des tas de trucs auxquels Hadley essaie de ne pas penser, alors qu'elle se tient là, bêtement, devant le guichet. Dehors, la lumière commence à baisser ; son avion se trouve à présent quelque part au-dessus de l'Atlantique, et elle sent, au fond d'elle, une espèce d'effritement s'opérer, tout doucement, comme un filet d'air qui s'échappe d'un ballon crevé. C'est en partie l'effet vol imminent et en partie l'aéroport lui-même, mais surtout – *surtout* – c'est qu'elle est en train de réaliser : elle va maintenant être en retard pour le mariage – un mariage auquel elle ne voulait même pas aller, à la base – et il y a, dans ce malheureux petit caprice du destin, quelque chose qui lui donne envie de pleurer.

De l'autre côté du comptoir, le personnel d'embarquement s'est regroupé au grand complet pour la regarder, sourcils froncés. Ils ont tous l'air de trépigner. L'écran derrière eux a déjà zappé pour annoncer le prochain vol reliant l'aéroport Kennedy à celui d'Heathrow – qui ne part pas avant plus de trois heures – et il devient rapidement évident qu'elle est désormais le seul obstacle qui les sépare encore de la fin de leur service.

— Je suis désolée, mademoiselle, lui dit une des hôtesses, le soupir qu'elle retient parfaitement perceptible dans sa voix. Il n'y a plus rien que nous puissions faire, si ce n'est tenter de vous enregistrer sur le prochain vol.

Hadley hoche mollement la tête. Toutes ces dernières semaines, elle a croisé les doigts en secret pour qu'il se passe exactement ce qu'il est en train de se passer – quoique les scénarios qu'elle avait imaginés aient été un rien plus dramatiques, il est vrai : une méga grève aérienne, une tempête de grêle monumentale, un cas désespéré de grippe carabinée qui la clouerait au lit, ou même la rougeole. Autant d'excellentes raisons pour ne pas voir son père mener à l'autel une bonne femme qu'elle n'a jamais rencontrée.

Mais rater son avion à quatre minutes près, ça peut sembler un peu trop commode, limite louche sur les bords, et elle n'est pas tout à fait persuadée que ses parents comprendront. Pas plus l'un que l'autre. Ils pourraient croire qu'elle l'a fait exprès. Elle se demande même si ça ne pourrait pas entrer dans la catégorie des quelques rares points sur lesquels ils seraient bien capables de tomber d'accord.

C'est elle qui a eu l'idée de sécher la répétition générale – le « dîner informel » de la veille – et d'arriver à Londres le matin même de la cérémonie. Ça fait plus d'un an qu'elle n'a pas vu son père, et elle n'est pas très sûre de pouvoir rester dans la même pièce que tous ces gens qui comptent à présent pour lui – ses collègues, ses amis… ce petit monde qu'il s'est construit à un océan d'ici – pendant qu'ils trinqueront à sa santé et à son bonheur tout neuf, au commencement de sa nouvelle vie. S'il n'y avait eu qu'elle, elle n'y serait pas allée du tout, à ce mariage. Mais, là-dessus, il n'y avait pas eu moyen de discuter : l'affaire avait été classée « Non Négociable ».

« C'est toujours ton père, lui rabâchait sa mère – comme si c'était le genre de chose qu'elle risquait d'oublier. Si tu n'y vas pas, tu le regretteras. Je sais que c'est difficile à imaginer quand on a dix-sept ans, mais tu peux me croire : un jour, tu le regretteras. »

Mouais. Ça restait à prouver.

L'hôtesse est maintenant occupée à martyriser son clavier avec une espèce de férocité revancharde, écrasant les touches en faisant claquer son chewing-gum.

— Vous avez de la chance, dit-elle en levant les mains avec un petit geste théâtral. Je peux vous mettre sur le 22 h 24. Siège 18-A. Côté hublot.

Elle a presque peur de poser la question. Elle se lance quand même :

— À quelle heure il arrive ?

— 9 h 54. Demain matin.

Hadley revoit les lettres délicatement calligraphiées sur l'épais faire-part ivoire posé sur sa coiffeuse – des mois qu'il est là, maintenant. La cérémonie débutera demain à midi. Ce qui signifie que, si tout se passe comme prévu – le vol, et puis la douane, les taxis et la circulation, le tout s'enchaînant parfaitement à la minute près –, elle aura encore une petite chance d'arriver à temps. Mais tout juste.

— L'embarquement se fera de cette porte à 21 h 45, reprend l'hôtesse, en lui tendant ses documents tout bien rangés dans une petite pochette. Nous vous souhaitons un agréable voyage.

Hadley se faufile vers les baies vitrées, passant discrètement en revue les déprimantes rangées de fauteuils gris terne. La plupart sont occupés et les autres craquent aux coutures, laissant apparaître leur rembourrage jaune comme des nounours trop choyés. Elle pose son sac à dos sur sa valise et fouille à l'intérieur pour récupérer son portable. Elle fait ensuite défiler son répertoire pour trouver le numéro de son père. Il est enregistré sous « Le Professeur » : une étiquette qu'elle lui a collée il y a environ un an et demi, quand la nouvelle est devenue officielle, ou peu après. Enfin, quand elle avait appris qu'il ne reviendrait pas dans le Connecticut et que le mot « papa » avait commencé à venir systématiquement le lui rappeler, chaque fois qu'elle allumait son portable.

Son cœur bat plus vite quand le téléphone se met à sonner. S'il l'appelle encore assez souvent, les rares fois où elle a composé son numéro doivent pouvoir se compter sur les doigts d'une seule main. Il n'est pas loin de minuit, là-bas, et, quand il finit par décrocher, il a la voix pâteuse – une voix ensommeillée ou alcoolisée, ou peut-être les deux.

— Hadley ?

— J'ai raté mon avion.

Elle a adopté ce ton sec qui lui vient si spontanément, en ce moment, quand elle parle à son père – effet secondaire de sa désapprobation générale à son égard.

— Quoi ?

Elle soupire et répète :

— J'ai raté mon avion.

Elle entend alors Charlotte qui murmure derrière et, à l'intérieur, ça fait comme un geyser : une brusque montée de colère. Cette bonne femme a eu beau l'inonder d'e-mails guimauve, du jour où son père l'a demandée en mariage – des trucs mielleux bourrés de directives pour la cérémonie et de photos de leur séjour à Paris et de suppliques pour qu'elle se sente un tant soit peu concernée, le tout signé d'un empressé « bisoussss » (comme si un seul s ne suffisait pas) –, ça fait exactement un an et quatre-vingt-seize jours qu'elle a décidé de la détester. Et si elle croyait que la bombarder demoiselle d'honneur lui suffirait à passer l'éponge, eh bien, elle pouvait toujours s'accrocher.

— Bon, dit son père. As-tu réussi à en trouver un autre ?

— Oui, mais il arrive pas avant 10 heures.

— Demain ?

— Non, ce soir. J'me fais téléporter.

Son père ne relève pas.

— C'est trop tard. Trop près de la cérémonie : je ne vais pas pouvoir venir te chercher. (Son étouffé quand il couvre le combiné pour faire des messes basses avec Charlotte.) On pourrait probablement t'envoyer tante Marilyn.

— C'est qui, tante Marilyn ?

— La tante de Charlotte.

— J'ai dix-sept ans, je te rappelle. Je vais bien réussir à me débrouiller pour prendre un taxi jusqu'à l'église.

— Hmm… Je ne sais pas, répond son père. C'est la première fois que tu viens à Londres…

Il y a comme un flottement. Et puis il s'éclaircit la gorge.

— Crois-tu que ta mère serait d'accord ?

— Maman n'est pas là. Je crois qu'elle a pris le premier mariage en marche…

Silence à l'autre bout du fil.

— Ça va, papa. Je te retrouve demain à l'église. Avec un peu de chance, je serai pas trop en retard.

— D'accord, s'incline-t-il d'une voix radoucie. J'ai hâte de te voir.

Elle marmonne, incapable de lui retourner le compliment :

— C'est ça. À demain.

C'est seulement quand elle a raccroché qu'elle s'en rend compte : elle ne lui a même pas demandé comment s'est passée la répétition. Elle n'est pas persuadée d'avoir très envie de le savoir.

Pendant un long moment, elle reste là, le portable toujours serré dans la main, essayant de ne pas penser à ce qui l'attend de l'autre côté de l'Atlantique. L'odeur de beurre que dégage un stand de bretzels tout proche lui donne un peu mal au cœur et elle ne demanderait pas mieux que de s'asseoir. Mais les passagers ont afflué de tous les coins de l'aérogare et la salle est bondée. C'est le week-end du 4 juillet et, sur les cartes météo des écrans de télé, la majeure partie du Midwest disparaît sous une grosse masse d'orages tourbillonnants. Fête nationale plus temps pourri : tout le monde est parti. Les gens marquent leur territoire, s'appropriant des secteurs définis du « salon détente » comme s'ils avaient l'intention de s'y installer à vie. Les rares fauteuils libres sont encombrés de valises ; des familles squattent carrément des angles entiers et il y a des sacs McDonald's pleins de graisse partout par terre. Comme elle enjambe un homme qui dort sur son sac à dos, le poids du plafond, la proximité des murs, la marée humaine tout autour d'elle se font si oppressants qu'elle doit se forcer pour ne pas oublier de respirer.

Elle n'a pas plus tôt repéré un siège vide qu'elle se précipite, tirant des bords avec sa valise à roulettes à travers cet océan de chaussures, en s'efforçant de ne pas penser à l'état dans lequel sera la ridicule petite robe mauve quand elle arrivera demain matin : un vrai chiffon. Elle aurait dû avoir quelques heures à l'hôtel pour se préparer avant la cérémonie. Du moins, c'était l'idée. Mais, maintenant, elle va être obligée de filer direct à l'église. Bon, avec tous les problèmes qu'elle a déjà en ce moment, ce n'est pas vraiment sa préoccupation majeure. N'empêche, ça la fait quand même doucement marrer d'imaginer la tête horrifiée des copines de Charlotte. Ne pas avoir le temps de se faire coiffer, tu parles d'une catastrophe !

Quand elle pense qu'elle a accepté d'être demoiselle d'honneur ! Oh ! pour regretter, elle regrette, c'est peu de le dire. Mais ils l'ont eue à l'usure. Charlotte, avec ses e-mails en rafale, et son père, avec ses suppliques à n'en plus finir, sans même parler du soutien pour le moins inattendu que sa mère avait apporté au projet.

« Je sais que tu ne le portes pas dans ton cœur, ces temps-ci, avait plaidé cette dernière. Moi non plus, d'ailleurs. Assurément. Mais veux-tu réellement te retrouver, un jour, à feuilleter cet album de mariage, avec tes propres enfants peut-être, et regretter de ne pas y être ? »

Elle ne croit pas vraiment que ça la traumatiserait plus que ça, en fait. Mais elle avait bien vu où ils voulaient tous en venir et il lui avait juste paru plus simple de leur faire ce plaisir, même si ça voulait dire supporter la laque, les talons qui font mal aux pieds et l'incontournable séance photos post-cérémonie. Quand le reste de la noce – un cortège d'une trentaine d'amis de Charlotte – avait appris qu'une adolescente américaine serait de la partie, la nouvelle avait aussitôt été accueillie par un déluge de points d'exclamation sur les e-mails qui circulaient en boucle au sein du groupe. Et, bien qu'elle n'ait jamais rencontré Charlotte, et qu'elle ait passé les dix-huit derniers mois à s'assurer que ça ne risquait pas de changer, elle connaissait maintenant les goûts de l'intéressée dans tout un tas de domaines : des trucs aussi fondamentaux que le débat sandale ouverte contre escarpin, l'ajout ou non de gypsophile dans les bouquets, et le pire, ses préférences en matière de lingerie pour son enterrement de vie de jeune fille version *british*, bref, l'horreur ! C'est dingue quand même le nombre d'e-mails qu'un mariage peut générer. Elle savait que certaines des invitées étaient des collègues de Charlotte au musée de l'université d'Oxford où elle travaillait, mais c'était à se demander comment une seule d'entre elles pouvait encore trouver le temps d'avoir un job à temps complet. Elle était censée les rejoindre à l'hôtel en tout début de matinée, demain, mais, apparemment, elles allaient devoir zipper leur robe et se faire leur brushing et leur œil de biche sans elle.

Les murs de verre sont pratiquement noirs, à présent, et, hormis les minuscules points lumineux qui signalent les avions, on ne distingue plus qu'un vague reflet de la salle d'embarquement. Elle peut même se voir dans la vitre, la blonde, là, avec les grands yeux, qui, bizarrement, a une mine de papier mâché et les traits aussi tirés que si le voyage était déjà terminé. Elle parvient à se caser entre un homme d'un âge certain, qui secoue tellement les pages de son journal qu'elle s'attend presque à le voir s'envoler, et une femme d'un certain âge, avec un chat brodé sur son col roulé, qui tricote à tout-va un objet couvrant non identifié.

Plus que trois heures. Elle réprime un soupir en serrant son sac à dos contre elle. Et puis elle réalise que ça ne rime à rien de compter les heures pour un truc auquel tu as autant envie d'aller que de te casser une jambe. Il vaudrait mieux dire « plus que deux jours ». Plus que deux jours et elle serait de retour à la maison. Plus que deux jours et elle pourrait prétendre que rien de tout ça n'est jamais arrivé. Plus que deux jours et elle aurait sur-vécu à ce week-end qu'elle appréhendait depuis oh ! des années – c'était du moins l'impression qu'elle avait.

Elle remonte son sac à dos sur ses genoux et s'aper-çoit un peu tard qu'elle ne l'a pas complètement fermé. Du coup, la moitié de ses affaires dégringolent par terre. Elle se penche pour les ramasser. D'abord son gloss. Et puis les magazines people. Mais, quand elle s'apprête à attraper le gros bouquin noir que son père lui a donné, le garçon de l'autre côté de l'allée l'a déjà doublée.

Il jette un bref coup d'œil à la couverture avant de le lui rendre et elle surprend une lueur dans ses yeux. En une seconde, elle a compris : il doit la prendre pour le genre de fille qui lit Dickens à l'aéroport. N'importe quoi ! Tout juste si elle ne le lui dit pas. Ça fait des siècles qu'elle l'a, ce bouquin, et elle ne l'a jamais ouvert. Finalement, elle lui adresse un sourire en guise de remerciement, avant de se tourner ostensiblement vers la vitre, au cas où il aurait eu l'intention d'entamer la conversation.

Parce qu'elle n'a vraiment pas envie de parler, là. Pas même à un garçon aussi mignon. Elle n'a aucune envie d'être ici, en fait. La journée qui l'attend est comme un truc qui vit et qui respire, un truc qui lui fonce droit dessus, à fond les ballons, et ce n'est qu'une question de temps avant qu'il ne l'aplatisse comme une crêpe. Enfin, c'est ce qu'elle ressent. L'angoisse qui l'étreint à l'idée de monter dans cet avion – sans même parler du transfert jusqu'à Londres – est carrément physique. Sinon pourquoi elle gigoterait comme ça sur son siège ? Pourquoi sa jambe tressauterait et pourquoi ses doigts se crisperaient sans qu'elle leur ait rien demandé ?

Son voisin se mouche avec un bruit d'enfer et fait claquer son journal de plus belle. Page de droite, droite ! Pourvu qu'elle ne soit pas assise à côté de lui dans l'avion ! C'est long, sept heures : une tranche de vie presque. Une trop grosse part de ta journée, en tout cas, pour la livrer au hasard. On ne t'imposerait jamais un long trajet en voiture avec un étranger. Pourtant, combien de fois elle n'a pas pris l'avion jusqu'à Chicago, Denver ou la Floride à côté d'un parfait inconnu, côte à côte, coude à coude, alors qu'ils étaient projetés, tous les deux, à travers le pays ? C'est ça, le problème, quand tu prends l'avion : tu peux parler à quelqu'un pendant des heures, sans jamais savoir son nom, lui confier tes plus intimes secrets, puis ne jamais le revoir de ta vie.

Comme son voisin tend le cou pour lire un article, son bras frôle le sien et elle se lève d'un bond, balançant son sac à dos sur son épaule dans l'élan. Autour d'elle, ça grouille toujours autant et elle jette un regard d'envie aux baies vitrées. Qu'est-ce qu'elle ne donnerait pas pour être dehors, en ce moment ! Encore trois heures à rester assise là, pourtant. Elle n'est pas très sûre d'en être capable. Mais traîner sa valise à travers cette cohue ? Paralysant. Elle la pousse en douce contre son siège vide pour qu'il ait l'air réservé, et se tourne vers la dame au chat sur son col roulé.

— Ça ne vous ennuierait pas de surveiller mes bagages deux secondes ?

Ses aiguilles à tricoter au garde-à-vous, la dame lui fait les gros yeux.

— On n'est pas censé rendre ce genre de « service », lui répond-elle sèchement.

— J'en ai juste pour une ou deux minutes, plaide Hadley.

Mais la dame se contente de secouer la tête, comme si elle ne supportait pas l'idée d'être mêlée à ce qui est en train de se tramer – si tant est qu'il soit en train de se tramer quoi que ce soit.

— Je veux bien les garder, moi, propose soudain le garçon de l'autre côté de l'allée.

C'est alors qu'elle le voit – qu'elle le voit vraiment – pour la première fois. Il a les cheveux un peu trop longs et des miettes sur le devant de sa chemise. Il y a pourtant quelque chose, chez lui, qui retient l'attention. Son accent peut-être – un accent anglais, elle en mettrait sa main à couper – ou cette petite fossette au coin de la bouche parce qu'il essaie de réprimer un fou rire. Toujours est-il que son cœur se met à cogner quand il pose les yeux sur elle, avant de les tourner vers la dame qui pince les lèvres pour manifester sa réprobation.

— C'est *illégal*, martèle-t-elle entre haut et bas, en braquant les yeux sur les deux solides agents de sécurité qui montent la garde devant l'espace restaurants.

Hadley reporte son regard vers le garçon qui lui adresse un sourire compatissant.

— C'est pas grave, lui assure-t-elle. Je vais la prendre. Merci quand même.

Elle commence à rassembler ses affaires, coinçant le livre sous son bras gauche et balançant son sac à dos sur son épaule droite. À peine si la bonne femme recule son pied quand Hadley manœuvre sa valise pour passer devant elle. Lorsqu'elle atteint le couloir, la moquette décolorée laisse place au lino et sa valise se balance dangereusement sur la baguette en caoutchouc entre les deux. Comme Hadley tente de la redresser, son livre glisse. Quand elle se penche pour le ramasser, c'est son sweat-shirt qui fait un vol plané.

Non, c'est un gag, là, se dit Hadley, en soufflant pour dégager la mèche qui vient de lui tomber dans la figure.

Mais le temps qu'elle ait tout récupéré pour l'attraper, voilà que sa valise a disparu. Pivotant d'un bloc, elle découvre, médusée, le garçon qui se tient à côté d'elle, son porte-habits sur l'épaule. Et, quand elle baisse les yeux, son regard tombe sur une main refermée sur la poignée.

— Mais qu'est-ce que tu fais ? bredouille-t-elle, clignant des yeux.

— Tu m'avais tout l'air de quelqu'un qui n'aurait pas refusé un petit coup de main…

Elle en reste bouche bée.

— Et puis comme ça, c'est parfaitement légal, ajoute-t-il avec un petit sourire en coin.

Elle hausse les sourcils et il se redresse un peu. Il n'a plus l'air si sûr de lui, tout à coup. Et s'il avait dans l'idée de lui piquer ses bagages ? Eh bien, son hold-up ne serait pas très au point, alors. Et ce ne serait vraiment pas le casse du siècle : une paire de chaussures et une robe, c'est à peu près tout ce qu'il y a là-dedans. Et elle serait ravie de s'en débarrasser, par-dessus le marché.

Elle reste plantée là, longtemps, à se demander ce qu'elle a bien pu faire pour se dégoter un porteur. Mais les gens se pressent autour d'eux, son sac à dos commence à peser et les yeux du garçon cherchent les siens avec quelque chose comme de la solitude dans les prunelles, comme si la dernière chose qu'il souhaitait, en ce moment, c'était de se faire jeter. S'il y a un truc qu'elle peut comprendre, c'est bien ça. Alors, finalement, elle hoche la tête, il bascule la valise sur ses roulettes et ils se mettent en route.

2

New York : 19 h 12
Londres : 00 h 12

Une annonce dans les haut-parleurs : un passager qui
manque à l'appel sur son vol. Hadley ne peut empêcher l'idée de venir insidieusement lui trotter dans
la tête : et si elle séchait le sien ? Comme s'il avait lu
dans ses pensées, le garçon qui marche devant elle
jette un coup d'œil par-dessus son épaule pour s'assurer qu'elle est toujours là. Elle réalise alors qu'elle
est bien contente d'avoir de la compagnie en un jour
pareil – aussi imprévue que puisse être la compagnie
en question.

Ils passent devant une enfilade de baies vitrées
qui donnent sur le tarmac où les avions sont alignés comme à la parade. Rien que de se dire qu'elle
va bientôt devoir embarquer, Hadley sent son cœur
s'emballer. De tous les lieux clos de la planète – tous

ces sas, cabines, boîtes, tubes qui t'attendent à tous les coins de rue –, aucun ne la met dans cet état comme un avion : il lui suffit d'en voir un pour commencer à trembler de partout.

La première fois, c'était il y a juste un an, dans une chambre d'hôtel à Aspen. Cette vertigineuse angoisse, quand l'estomac vire à l'essoreuse et le cœur au marteau-piqueur : l'apprentissage de la panique. Derrière la vitre, il neigeait à gros flocons serrés et son père était au téléphone dans la pièce d'à côté. Elle avait soudain eu l'impression que les murs étaient trop près, et qu'ils se rapprochaient encore, l'enserrant de plus en plus, centimètre par centimètre, avec l'inéluctabilité d'un glacier. Elle était restée là, tentant de contrôler sa respiration, les battements désordonnés de son cœur si forts à son oreille qu'ils en étouffaient presque la voix de son père assourdie par l'épaisseur du mur.

« Oui, disait-il, et ils annoncent encore quinze bons centimètres cette nuit. Pour demain, ça devrait être parfait. »

Deux jours qu'ils étaient à Aspen, deux jours entiers à s'efforcer de faire comme si c'étaient des vacances de Pâques ordinaires. Tous les matins, ils se levaient tôt pour être sur les pistes avant la bousculade. Au retour, ils buvaient en silence leurs grandes tasses de chocolat chaud au chalet et jouaient à des jeux de société toute la soirée devant la cheminée. Mais, en fait, ils passaient tellement de temps à *ne pas* parler de l'absence de sa mère que, finalement, ils ne pensaient plus qu'à ça.

Et puis il ne fallait quand même pas la prendre pour une imbécile. On ne partait pas enseigner la poésie un semestre à Oxford pour, tout à coup, demander le divorce sans avoir une bonne raison. Et quoique sa mère n'en ait pas dit un mot – elle était même devenue quasiment muette, sur tout ce qui touchait à « papa », de manière générale –, Hadley savait bien que cette bonne raison ne pouvait être qu'une autre femme.

Elle avait prévu de le confronter sur le sujet pendant leur séjour au ski. À peine descendue d'avion, elle pointerait sur lui un index accusateur et exigerait qu'il lui dise pourquoi il ne rentrait pas à la maison. Mais quand, en sortant de la zone de retrait des bagages, elle l'avait trouvé là qui l'attendait, il lui avait semblé tellement changé, avec sa barbe tirant sur le roux qui jurait avec ses cheveux bruns, et ce sourire, si large qu'elle pouvait voir ses couronnes… Ça ne faisait que six mois, mais ça avait suffi pour qu'il soit presque devenu un inconnu. Et c'est seulement quand il l'avait prise dans ses bras qu'elle l'avait retrouvé, avec cette odeur de cigarette et d'après-rasage qui n'appartenait qu'à lui et cette voix rocailleuse à son oreille qui lui disait combien elle lui avait manqué. Et, bizarrement, c'était encore pire. En fin de compte, ce n'est pas ce qui a changé qui te crève le cœur, c'est ce petit titillement familier qui te ramène irrésistiblement au passé.

Alors, elle s'était dégonflée, passant, au lieu de ça, ces deux premiers jours à l'observer, à essayer de décrypter les traits de son visage comme on lit une carte, à l'affût du moindre indice qui pourrait enfin lui révéler pourquoi leur gentille petite famille s'était si brutalement retrouvée en pièces détachées. Quand il était parti pour l'Angleterre, l'automne précédent, ils avaient tous été hyper excités. Jusqu'ici, il était juste un modeste professeur d'une honnête petite fac du Connecticut. Alors, imagine ! Décrocher un poste d'enseignant-chercheur à la prestigieuse université d'Oxford : une des meilleures facs de lettres du monde ! Comment résister ? Mais elle allait entrer en première et sa mère ne pouvait pas lâcher son magasin de papiers peints pour quatre mois, du jour au lendemain. Ils avaient donc décidé qu'elles resteraient ici toutes les deux et qu'elles iraient le retrouver pour Noël. Ils passeraient une quinzaine de jours de vacances là-bas, joueraient les touristes et reviendraient tous ensemble à la maison après.

Ce qui, bien sûr, n'était jamais arrivé.

Le moment venu, sa mère s'était contentée d'annoncer un changement de programme : elles allaient passer Noël chez ses grands-parents, dans le Maine. Sur le coup, elle avait à moitié cru que son père serait là-bas pour lui faire la surprise. Mais, le soir du réveillon, il y avait juste eu papy et mamy, et assez de cadeaux pour prouver que tout le monde faisait de son mieux pour combler comme une absence.

Et, avant ça, pendant des jours et des jours, elle avait entendu les coups de fil tendus et les larmes de sa mère par les bouches d'aération de leur vieille maison. Mais il avait fallu attendre le retour du Maine pour que sa mère finisse par lui annoncer, dans la voiture, que « papa » et elle allaient « rompre », et qu'il allait rester un semestre de plus à Oxford.

— Ce sera juste une séparation, au début, lui avait expliqué sa mère, quittant la route des yeux pour lorgner vers le siège passager auquel elle était scotchée, comme assommée.

Elle essayait d'avaler la nouvelle, petit à petit, une info à la fois : d'abord, « papa et maman divorcent »; ensuite, « papa ne reviendra pas ».

— Il y a déjà un océan entre vous, lui avait-elle posément fait remarquer. Qu'est-ce qu'il vous faut de plus ? Vous n'êtes pas déjà assez séparés comme ça ?

— Légalement, avait répondu sa mère avec un soupir. Nous allons nous séparer *légalement*.

— Mais, vous n'avez pas besoin de vous voir avant ? Avant de prendre ce genre de décision, je veux dire ?

— Oh ! ma chérie ! avait dit sa mère, en lui tapotant le genou, je crois qu'elle est déjà prise.

Deux mois plus tard, Hadley se retrouvait dans la salle de bains de leur hôtel d'Aspen, sa brosse à dents à la main, avec la voix de son père qui lui parvenait de la pièce voisine. Deux secondes plus tôt, elle aurait juré que c'était sa mère qui venait aux nouvelles et son cœur avait fait un bond. Et puis elle l'avait entendu prononcer un nom – Charlotte – et baisser d'un ton.

« Non-non, pas de problème. Elle est justement au petit coin. »

Ça l'avait glacée. Depuis quand son père était-il le genre d'homme à parler du « petit coin » pour désigner les toilettes, à faire des messes basses au téléphone, à appeler des inconnues d'une chambre d'hôtel et à emmener sa fille au ski comme si ça voulait dire quelque chose, comme si ça comptait vraiment, comme un serment, avant de retourner à sa nouvelle vie comme s'il n'était jamais parti ?

Elle s'était rapprochée de la porte, pieds nus sur le carrelage.

« Je sais, murmurait-il maintenant, d'une voix toute douce. Toi aussi, tu me manques, mon amour. »

Ben voyons ! avait-elle pensé, en fermant les yeux, dégoûtée. *Ben voyons !*

Et qu'il lui ait donné raison ne changeait rien à l'affaire – depuis quand ça arrangeait les choses d'avoir raison ? Elle avait alors senti une petite graine s'enraciner en elle. C'était comme un noyau de pêche, un truc bien dur et bien enfoui, bien mesquin aussi, une rancœur qui ne se résorberait jamais, elle en était certaine.

Elle avait reculé. Déjà, sa gorge se serrait, sa respiration s'accélérait. Dans la glace, ses joues s'empourpraient, le sang lui montait au visage. Sa vue se brouillait. Mais on crevait de chaud dans ce placard à balais ! Elle avait agrippé les bords du lavabo, regardant ses articulations blanchir, devenir peu à peu exsangues, s'exhortant à la patience. Il fallait attendre qu'il ait raccroché.

— Tu ne te sens pas bien ? lui avait-il demandé, quand elle était enfin sortie de la salle de bains, pour aller s'affaler sur le lit du fond, passant droit devant lui sans lui décrocher un mot. Qu'est-ce qu'il y a ?

— Rien.

Mais, dès le lendemain matin, ça recommençait.

Alors qu'ils prenaient l'ascenseur pour descendre dans le hall de l'hôtel, crevant déjà de chaud sous leur accoutrement de ski, il y avait soudain eu une brusque secousse. Ils s'étaient arrêtés net. Seuls à l'intérieur, ils avaient d'abord échangé un même regard d'incompréhension. Et puis, avec un haussement d'épaules fataliste, son père avait appuyé sur l'alarme en maugréant :

— Maudit ascenseur de m… Manchester !

Elle l'avait fusillé du regard.

— Maudit ascenseur de Manhattan, tu veux dire ?

C'était son expression quand il retenait un juron. (Enfin, avant, quand il n'avait pas encore troqué New York contre une stupide ville d'Angleterre.)

— Pardon ?

— Rien, avait-elle marmonné, en se mettant à taper sur tous les boutons au hasard, les allumant les uns après les autres, sous l'emprise de la panique qu'elle sentait monter en elle à vitesse grand V.

— Je ne pense pas que ça va chang…, avait commencé son père, avant de s'interrompre subitement en s'apercevant qu'il se passait quelque chose d'anormal. Ça va ?

Elle avait tenté d'écarter le col de sa veste de ski, puis, d'un geste vif, avait descendu sa fermeture Éclair.

— Non, lui avait-elle répondu, des palpitations plein la poitrine. Oui. Je sais pas. Je veux sortir d'ici.

— Ils ne vont pas tarder. Il n'y a rien que l'on puisse faire avant que…

— Non. *Tout de suite*, papa ! l'avait-elle coupée, à moitié hystérique.

C'était la première fois qu'elle l'appelait « papa » depuis qu'ils étaient arrivés à Aspen. Jusqu'alors, elle s'était toujours débrouillée pour ne pas avoir à l'appeler du tout.

Il avait balayé le minuscule habitacle du regard.

— Tu ne nous ferais pas une crise d'angoisse, par hasard ? s'était-il alarmé, cédant à son tour à la panique, semblait-il. Est-ce que ça t'est déjà arrivé ? Est-ce que ta mère… ?

Elle avait secoué la tête. Elle ne comprenait pas très bien ce qui se passait. Tout ce qu'elle savait, c'était qu'elle devait sortir d'ici *immédiatement*.

— Hé ! lui avait dit son père, en la prenant par les épaules. Ils seront là dans une minute, O.K. ? Regarde-moi dans les yeux. Juste regarde-moi et oublie où nous sommes.

— D'accord, avait-elle soufflé, serrant les dents.

— D'accord. Pense à autre chose, un autre endroit. Quelque part où il y a de l'espace.

Elle avait essayé de se calmer, de faire surgir de son esprit frénétique un souvenir apaisant. Mais son cerveau refusait de coopérer. Elle avait le visage luisant de sueur et ça la piquait de partout, tant et si bien qu'elle avait du mal à se concentrer.

— Fais comme si tu étais à la plage, lui avait-il suggéré. Ou le ciel ! C'est ça, imagine le ciel, O.K. ? Pense à l'immensité. Il est si grand, si grand qu'on n'en voit pas la fin.

Elle avait fermé les paupières, serrant les yeux de toutes ses forces. Elle s'était conditionnée. Le ciel. Il fallait qu'elle se représente le ciel. Cet azur immaculé que seul venait entacher un petit nuage égaré. Sa profondeur, son infinitude même, si démesurée qu'il était impossible de savoir où il commençait et où il s'arrêtait. Elle avait senti les battements de son cœur progressivement ralentir et sa respiration se faire, peu à peu, plus régulière. Elle avait desserré les poings. Elle avait les mains moites. Quand elle avait rouvert les yeux, le visage de son père se trouvait juste à sa hauteur, de l'inquiétude plein les prunelles. Ils s'étaient regardés comme ça pendant une éternité – enfin, c'était l'effet que ça lui avait fait. C'était la première fois qu'elle le regardait en face depuis leur arrivée, avait-elle alors réalisé.

Quelques minutes plus tard, l'ascenseur redémarrait. Elle avait poussé un soupir de soulagement. Ils avaient poursuivi le trajet en silence, aussi secoués l'un que l'autre, aussi impatients de se retrouver au grand air, avec, pour tout horizon, l'étendue infinie des cieux à perte de vue.

*
* *

Plantée au milieu du terminal bondé, Hadley s'arrache à sa contemplation des baies vitrées et au spectacle des avions rangés sur les pistes comme des jouets mécaniques bien remontés. Son estomac recommence à faire des nœuds. Le seul cas où ça n'aide pas d'imaginer le ciel, c'est quand tu te retrouves à trente mille pieds en l'air avec nulle part où aller sauf… en bas.

Lorsqu'elle se retourne, le garçon l'attend toujours, la main refermée sur la poignée de sa valise. Il sourit quand elle le rattrape, puis s'engage prestement dans le couloir surpeuplé qu'il remonte à grandes enjambées. Elle accélère le pas pour ne pas se faire distancer. Elle est tellement concentrée, les yeux rivés à sa chemise bleue que, lorsqu'il s'arrête, elle manque de lui rentrer dedans. Il fait au moins quinze centimètres de plus qu'elle et il est obligé de se pencher pour lui parler :

— Je ne t'ai même pas demandé où tu allais.

— À Londres.

Il se marre.

— Non, là, maintenant. Tu veux aller où ?

— Oh ! (Elle se passe la main sur le front.) Je sais pas trop, en fait. Trouver quelque chose à manger, peut-être ? C'est juste que je n'avais pas envie de rester assise là-bas pendant des heures.

Ce n'est pas tout à fait vrai. Pour être honnête, elle allait aux toilettes. Mais comment lui dire un truc pareil ? Rien que de l'imaginer en train de poireauter bien gentiment devant la porte pendant qu'elle fait la queue à l'intérieur… Non, impossible. C'est au-dessus de ses forces.

Ses cheveux lui tombent dans les yeux, quand il incline le front pour lui répondre.

— D'accord.

Et, quand il sourit, il a une fossette qui se creuse sur une seule joue. Ça lui donne un petit côté un peu instable terriblement attendrissant, elle trouve.

— Où alors ?

Elle se dresse sur la pointe des pieds pour jeter un coup d'œil circulaire et se faire une idée de l'éventail de restaurants à disposition : stands de pizzas et de burgers en série. Pas terrible. Est-ce qu'il va venir avec elle ? Elle ne sait pas trop et cette éventualité rend son choix encore plus stressant. Flippant même. Elle peut presque le sentir qui attend là, tout près, et perçoit sa propre tension dans tous les muscles de son corps pendant qu'elle essaie d'évaluer quelle option lui offre le moins de risques de s'en coller partout, juste au cas où il déciderait de l'accompagner.

Après des siècles d'intense réflexion, elle finit par pointer l'index sur un traiteur en libre-service, quelques portes d'embarquement plus loin, et il se remet obligeamment en marche dans cette direction, traînant toujours sa valise rouge derrière lui. Une fois sur place, il rééquilibre son porte-habits sur son épaule et examine la carte.

— C'est une bonne idée, commente-t-il. Le repas à bord sera probablement immangeable, de toute façon.

Pendant qu'ils font la queue, elle lui demande :

— Et toi, tu vas où ?

— À Londres.

— Non ! Quel siège ?

Il tapote la poche arrière de son jean et en retire un billet plié en deux au coin déchiré.

— 18-C.

— Moi, c'est 18-A.

Il sourit.

— À un près.

Elle désigne du menton le porte-habits qu'il tient toujours sur son épaule, le doigt crocheté dans le cintre.

— Tu vas à un mariage, toi aussi ?

Il hésite, puis relève brusquement la tête dans ce qui pourrait passer pour un demi-assentiment.

— Pareil. Ce serait marrant que ce soit le même, non ?

— Peu probable, lui rétorque-t-il, en lui balançant un drôle de regard.

Quelle gourde ! Évidemment que ce n'est pas le même ! Il doit se dire qu'elle prend Londres pour une espèce de bled paumé où tout le monde se connaît. Certes, elle n'est jamais sortie des États-Unis, mais elle n'est pas ignare au point de ne pas être au courant : Londres est gigantesque. C'est, pour le peu qu'elle en sait, une ville assez grande pour y perdre la trace de quelqu'un.

Le garçon semble sur le point de dire quelque chose, mais il se détourne et agite la main en direction de la carte.

— Tu as une petite idée de ce que tu voudrais ?

Si j'ai une idée de ce que je voudrais ? se dit-elle.

Je voudrais rentrer chez moi.

40

Je voudrais que tout redevienne comme avant à la maison.

Je voudrais aller n'importe où sauf au mariage de mon père.

Je voudrais être *n'importe où plutôt que dans cet aéroport.*

Je voudrais savoir comment il s'appelle.

Au bout d'un moment, elle lève les yeux vers lui.

— J'hésite encore.

3

New York : 19 h 32
Londres : 00 h 32

Bien qu'elle l'ait commandé sans mayo, Hadley repère tout de suite le machin blanc gélatineux qui coule de son sandwich pendant qu'elle se dirige vers une table libre où poser son plateau. Il y en a jusque sur la croûte. « Beurk ! » Rien que de voir ça, ça lui retourne l'estomac. Elle se demande cependant s'il ne vaudrait pas mieux l'ingurgiter stoïquement au lieu de l'enlever, au risque de passer pour une idiote. Elle préfère finalement passer pour une idiote, ignorant ostensiblement les sourcils interrogateurs du garçon, tandis qu'elle dissèque son dîner avec une minutie digne d'une expérience de biologie. Elle fronce le nez en déposant soigneusement salade et tomate à part, avant de débarrasser chaque moitié isolée des amas blancs gluants y adhérant.

43

— Joli travail ! applaudit-il entre deux bouchées de rosbif froid.

Elle se contente d'opiner d'un air détaché.

— J'ai la phobie de la mayo. Alors, avec les années, j'ai fini par devenir plutôt bonne à ce petit jeu-là.

— Tu as la phobie de la… mayo ?

Elle opine de plus belle.

— Elle fait partie des trois ou quatre premières.

— C'est quoi les autres ? demande-t-il, avec un petit sourire ironique. Je veux dire : qu'est-ce qu'il peut bien y avoir de *pire* que la mayonnaise ?

— Le dentiste. Les araignées. Les fours.

— Les fours ? J'en déduis que tu ne dois pas être un cordon bleu.

— Et les endroits fermés, ajoute-t-elle un peu plus bas.

Il penche la tête de côté.

— Comment tu fais en avion, alors ?

Elle hausse les épaules.

— Je serre les dents et je croise les doigts.

— Pas mal comme technique. (Il se marre.) Et ça marche d'habitude ?

Elle ne répond pas. Une boule d'angoisse, là, dans la gorge… C'est presque pire quand elle oublie – jamais très longtemps, malheureusement ! – parce que, chaque fois, ça revient encore plus fort, comme une espèce de boomerang de film gore.

— Oh ! reprend le garçon, en posant ses coudes sur la table, qu'est-ce que la claustrophobie à côté de la mayophobie ? Et tu n'as qu'à voir avec quelle maestria tu la maîtrises déjà, celle-là.

Il désigne du menton le couteau en plastique tartiné de mayonnaise et de miettes de pain qu'elle tient toujours à la main. Elle le remercie d'un sourire.

Pendant qu'ils mangent, ils se laissent insensiblement happer par la télé posée dans le coin de la petite brasserie. Sur l'écran, les flashes météo se succèdent inlassablement. Hadley essaie de se concentrer sur son dîner, mais elle ne peut s'empêcher de couler un petit coup d'œil, de temps à autre, vers son voisin et, chaque fois, elle en a des crampes d'estomac – sans aucun lien avec les quelques traces de mayo qui restent encore sur son sandwich.

Elle n'a eu qu'un seul et unique petit copain : Mitchell Kelly. Athlétique, pas compliqué et d'un ennui mortel. Ils étaient sortis ensemble pendant presque un an – pratiquement toute l'année dernière, en fait : leur année de seconde – et, bien qu'elle ait adoré le regarder sur le terrain de foot (cette manière qu'il avait de lui faire signe des lignes de touche), qu'elle ait toujours été super contente de le rencontrer dans les couloirs du lycée (cette manière qu'il avait de la soulever de terre quand il la prenait dans ses bras) et qu'elle soit allée pleurer sur l'épaule de toutes ses copines sans exception quand il l'avait plaquée, moins de quatre mois auparavant, leur brève histoire lui apparaît maintenant comme une erreur. La plus monumentale erreur du monde.

Comment un type comme Mitchell avait-il bien pu lui plaire, quand il existait un tel garçon sur terre ? Un grand brun dégingandé, aux cheveux en pétard, aux yeux verts hallucinants, avec une tache de moutarde sur le menton, infime imperfection, petite touche finale apportée au portrait pour parfaire le tableau.

Comment tu peux te tromper sur ton genre de mec – ne pas savoir que tu as un genre de mec, même – avant qu'il te tombe dessus sans prévenir ?

Tandis qu'elle triture sa serviette sous la table, elle réalise soudain que, dans sa tête, quand elle parle de lui, elle l'appelle « Le British ». Alors, elle finit par se pencher vers lui, balayant les miettes de leurs sandwichs respectifs sur la table, et lui demande son nom.

— Ah ! euh, oui. (Il cligne des yeux.) C'est par là qu'on commence, d'habitude, j'imagine. Je m'appelle Oliver.

— Comme dans *Oliver Twist* ?

— Ouah ! s'extasie-t-il avec un petit sourire moqueur. Et, après ça, on prétend encore que les Américains sont incultes.

Elle plisse les yeux, joue l'offensée.

— Très drôle.

— Et toi ?

— Hadley.

— Hadley ? C'est joli.

Elle sait bien qu'il ne fait que parler de son prénom, mais n'empêche. Elle est hyper flattée. Peut-être que c'est son accent, ou ce flagrant intérêt avec lequel il la regarde, mais il y a un truc, chez lui, qui fait battre son cœur à cent à l'heure, comme quand elle était petite et qu'on lui faisait peur. Oui, ça doit être ça : l'effet de surprise. Elle a passé tellement de temps à se monter la tête avec ce voyage qu'elle n'est pas préparée à ce qu'il puisse aussi en résulter quelque chose de positif, quelque chose d'inattendu.

— Tu ne manges pas tes cornichons ? demande-t-il, en se penchant à son tour.

Elle secoue la tête et pousse son assiette vers lui. En deux bouchées, il a tout avalé. Il se recale sur sa chaise.

— Tu as déjà visité Londres ?

— Jamais !

Elle a dû y aller un peu fort dans le ton parce qu'il rit.

— Ce n'est pas si horrible que ça.

Elle se mord la lèvre.

— Oh non, non ! je suis sûre que non. C'est là que tu habites ?

— C'est là que j'ai grandi.

— Ah ! Et tu habites où, maintenant ?

— Dans le Connecticut, on peut dire, j'imagine. Je vais à Yale.

— À Yale ? s'exclame-t-elle, incapable de cacher son étonnement.

— Pourquoi ? Je n'ai pas une tête à aller à Yale ?

— Si-si, c'est juste que… c'est si près !

— Près de quoi ?

Voilà ce que c'est de parler sans réfléchir ! Et, pour couronner le tout, elle sent le feu lui monter aux joues.

— Près de chez moi, marmonne-t-elle, avant d'enchaîner précipitamment : C'est juste qu'avec ton accent, je croyais que tu…

— Que j'étais un pur produit *made in London* ?

Elle secoue aussitôt la tête. Elle ne sait plus où se mettre. Mais ça le fait marrer.

— Je te chambre. Je viens de finir ma première année ici.

— Comment ça se fait que tu n'es pas rentré pour les vacances, alors ?

Il hausse les épaules.

— Je me sens bien ici. Sans compter que j'ai décroché une bourse de recherche pour l'été. Je suis donc, comme qui dirait, tenu de ne pas trop m'éloigner.

— Quel genre de recherche ?

— J'étudie le processus de fermentation de la mayonnaise.

Elle éclate de rire.

— Naaan !

Il fronce les sourcils.

— Mais si. C'est un travail d'une importance capitale. Savais-tu que vingt-quatre pour cent de toute mayonnaise qui se respecte sont, en réalité, relevés de glace à la vanille ?

— C'est vrai que ça a l'air absolument capital. Non, sérieusement, qu'est-ce que tu étudies ?

Un type heurte violemment sa chaise en passant et continue sans même lui présenter ses excuses. Oliver fait une moue sarcastique.

— La modélisation du phénomène d'engorgement dans les aéroports américains.

— N'importe quoi ! commente-t-elle en secouant la tête. (Et puis elle lorgne vers la foule dans le couloir.) Mais, si tu pouvais faire quelque chose pour éviter ça, je ne dirais pas non. Je hais les aéroports.

— Sans blague ? Moi, je les adore.

Sur le coup, elle croit qu'il est toujours en train de la charrier. Mais elle se rend vite compte qu'il ne plaisante pas.

— J'aime bien l'idée de n'être ni ici, ni là-bas. Et le fait de ne pas être censé me trouver vraiment quelque part en attendant. D'être juste… en suspens.

— Ça doit pas être mal, reconnaît-elle, en jouant avec la languette de sa canette de soda. Si seulement il n'y avait pas cette cohue !

Il jette un coup d'œil par-dessus son épaule.

— Ce n'est pas toujours si dramatique que ça.

— Pour moi, si.

Elle lève les yeux vers les écrans indiquant les arrivées et les départs, avec plein de petites lettres vertes qui clignotent pour signaler des vols retardés ou annulés.

— On a encore le temps, la tranquillise Oliver.

Elle soupire.

— Je sais, mais j'ai déjà raté mon avion tout à l'heure. Alors, c'est un peu comme si j'étais en sursis.

— Tu devais prendre le vol précédent ?

Elle hoche la tête.

— À quelle heure est le mariage ?

— Midi.

Il fait la grimace.

— Ça ne va pas être évident.

— C'est ce que j'ai cru comprendre. Et le tien, il est à quelle heure ?

Il baisse les yeux.

— Je suis censé être à l'église à 14 heures.

— Oh ! tu n'auras pas de problème alors.

— Non. Je suppose que non.

Ils restent un moment à regarder la table sans rien dire, jusqu'à ce que la sonnerie étouffée d'un téléphone finisse par briser le silence. Ça vient de la poche d'Oliver. Il sort son portable et le regarde sonner avec une étrange intensité. Et puis il semble parvenir à une décision et se lève brusquement.

— Il vaudrait vraiment mieux que je prenne cet appel, s'excuse-t-il, en s'écartant à reculons de la table. Désolé.

Elle agite la main.

— Pas de souci.

Elle le regarde se frayer un chemin à travers la foule, le portable collé à l'oreille. Il baisse la tête, se tient voûté, le dos courbé, les épaules rentrées… si différent, tout à coup. Il n'est plus que l'ombre de l'Oliver avec lequel elle vient de bavarder. Elle se demande qui peut bien être au bout du fil. Une idée lui traverse alors l'esprit : et si c'était sa petite amie ? Quelque belle et brillante étudiante de Yale, le genre à porter un caban et des lunettes branchées, bien trop organisée pour rater un avion à quatre minutes près.

50

Incroyable la vitesse avec laquelle elle s'empresse de repousser cette idée.

Elle jette un coup d'œil à son propre téléphone. Elle devrait probablement appeler sa mère pour l'avertir du changement de programme. Mais elle a l'estomac noué rien que de repenser à la façon dont elles se sont quittées tout à l'heure : le trajet jusqu'à l'aéroport dans un silence de mort, et puis ces mots terribles qu'elle a prononcés devant le hall des départs. Elle sait bien qu'elle a une fâcheuse tendance à ne pas mâcher ses mots – son père disait toujours qu'elle était née sans filtre –, mais comment être complètement rationnelle en un jour pareil, un jour qu'elle redoute depuis des mois ?

Elle s'est réveillée, ce matin, tendue comme un arc. Son cou, ses épaules… elle était nouée de partout et de sourds élancements lui martelaient l'arrière du crâne. Ce n'était pas tant cette histoire de mariage, ni sa prochaine rencontre avec Charlotte – une femme dont elle s'était acharnée à nier si farouchement l'existence. C'était surtout que ce week-end fatidique allait signer l'arrêt de mort de sa famille.

Oh ! elle sait bien qu'on n'est pas chez Disney. Ses parents ne se remettront jamais ensemble, elle ne se fait pas d'illusions. Elle ne veut plus vraiment qu'ils se remettent ensemble, d'ailleurs, pour être honnête. Son père a l'air très heureux comme ça, et, *grosso modo*, sa mère aussi. Ça fait plus d'un an qu'elle sort avec leur dentiste local, Harrison Doyle. N'empêche que ce mariage va quand même mettre un point final à une phrase qui n'était pas censée être aussi courte, et elle n'est pas très sûre d'être prête à voir ça.

En même temps, elle n'avait pas vraiment eu le choix.

« C'est toujours ton père, lui rabâchait sa mère. Il n'est certes pas parfait, mais, pour lui, il est important que tu sois là. Ce n'est qu'une journée, après tout, tu sais ? Il ne te demande quand même pas grand-chose. »

Eh bien si, justement. Demander, c'est tout ce qu'il sait faire. Demander qu'elle lui pardonne, demander qu'ils passent plus de temps ensemble, demander qu'elle donne une chance à Charlotte. Il demande, demande, demande. Mais il ne donne jamais rien. Elle aurait voulu prendre sa mère par les épaules et la secouer jusqu'à ce qu'elle finisse par se réveiller. Il les avait trahies, il lui avait brisé le cœur et il avait brisé leur famille. Et, maintenant, il allait épouser cette femme, comme une fleur. Comme si tout ça comptait pour du beurre. Comme si c'était plus facile de recommencer de zéro plutôt que d'essayer de recoller les morceaux.

Sa mère persistait à dire que c'était mieux comme ça. Pour tout le monde. « Je sais que c'est difficile à admettre, concédait-elle, avec un calme et cette façon tellement raisonnable de considérer la chose que ça la rendait chèvre, mais c'est un mal pour un bien. Vraiment. Plus tard, tu comprendras, tu verras. »

Hadley est sûre d'avoir déjà compris, elle. Le fait est que sa mère n'a pas encore complètement réalisé, c'est plutôt ça le problème. Il y a toujours un temps de réaction, quand on se brûle, un décalage entre le choc et la souffrance. Durant toutes ces semaines après Noël, elle avait passé ses nuits, allongée dans son lit, à écouter sa mère pleurer. Pendant quelques jours, celle-ci refusait catégoriquement de parler de « papa ». Et puis, le lendemain, elle n'avait plus que ce mot-là à la bouche. Un pas en avant, un pas en arrière. J'avance et je recule, en permanence. Jusqu'à ce qu'un beau jour, un mois et demi plus tard, sa mère revienne brusquement sur terre, sans crier gare, irradiant soudain un calme souverain, une paisible acceptation qui, encore aujourd'hui, la plonge dans un abîme de perplexité.

Mais il y avait quand même des séquelles. Harrison avait, par trois fois déjà, demandé à sa mère de l'épouser, déployant, chaque fois, des trésors de créativité de plus en plus insoupçonnée – un pique-nique bucolique, une bague dans son champagne et, dernièrement, un quatuor à cordes dans le parc –, mais elle avait dit « non », « non » et « non ». Hadley est persuadée que c'est parce qu'elle ne s'est toujours pas remise de ce qui s'est passé avec son père. On ne peut pas survivre à une telle déchirure sans garder de cicatrices.

Donc, ce matin, alors que seul un trajet en avion la séparait encore de la cause de tous leurs problèmes, elle s'était réveillée d'une humeur de chien. Si tout s'était passé en douceur, ç'aurait pu se limiter à quelques commentaires caustiques ponctués des ronchonnements de rigueur sur la route de l'aéroport. Mais, dès l'aube, Charlotte avait laissé un message lui rappelant, une fois de plus, à quelle heure elle devait être à l'hôtel pour se préparer, avec cet horripilant accent anglais qui la faisait grincer des dents. Rien de tel pour lui pourrir la journée.

Sans compter qu'après ça, sa valise avait refusé de se fermer – forcément –, et que sa mère lui avait confisqué les pendants d'oreille qu'elle avait prévu de porter à la cérémonie – trop voyants. Et elle avait enfoncé le clou en lui demandant, pour la centième fois, si elle avait bien pris son passeport. Son toast était brûlé, elle avait mis de la confiture sur son sweat-shirt et, quand elle avait pris la voiture pour aller chercher une minibouteille de shampooing, il s'était mis à pleuvoir, les essuie-glaces avaient rendu l'âme et elle s'était retrouvée obligée d'attendre trois quarts d'heure à la station-service, coincée derrière un type qui n'était même pas capable de vérifier son niveau d'huile tout seul. Et, pendant tout ce temps, les aiguilles n'avaient cessé de tourner et l'heure du départ de se rapprocher. Alors, quand elle était rentrée, jetant de rage les clefs sur la table de la cuisine, elle n'était pas d'humeur à entendre sa mère lui demander pour la cent et unième fois si elle avait bien son passeport.

— OUI, JE L'AI ! avait-elle aboyé.

— C'est juste une question, lui avait répliqué sa mère, levant les sourcils d'un air innocent carrément exaspérant.

Hadley lui avait balancé un regard assassin.

— Tu es sûre que tu ne veux pas venir me mettre ma ceinture dans l'avion non plus, non ?

— Ce qui signifie ?

— Ou peut-être que tu devrais m'escorter jusqu'à Londres pour être bien sûre que je ne me défile pas au dernier moment.

— Hadley…

Elle avait pourtant parfaitement perçu l'avertissement sous-jacent.

— Pourquoi je devrais être la seule à le regarder épouser cette femme, après tout ? Je ne vois même pas pourquoi je dois y aller. Et encore moins toute seule !

La moue qu'avait alors faite sa mère avait suffi à exprimer l'ampleur de sa déception. Mais, au point où elle en était désormais, Hadley s'en fichait éperdument.

Après ça, tout le trajet jusqu'à l'aéroport s'était passé dans un silence buté – ultime répétition de l'éternelle scène qu'elles se rejouaient depuis des semaines à présent. Du coup, quand elles étaient arrivées devant le hall des départs, Hadley était une vraie pile électrique.

Sa mère avait coupé le contact, mais aucune d'elles n'avait bougé.

— Tout ira bien, avait tenté de la rassurer sa mère, au bout d'un moment. Vraiment, tu verras.

Hadley s'était tournée vers elle d'un bloc.

— Il se *marie*, maman ! Comment tu veux que ça aille ?

— Je crois seulement qu'il est important que tu y…

— Oui, je sais, l'avait-elle coupée, d'une voix tran-
chante. Tu l'as déjà dit.

— Tout ira bien, avait répété sa mère.

Hadley avait empoigné son sweat-shirt et détaché
sa ceinture.

— Bon, alors ce sera ta faute s'il arrive quelque
chose.

— Comment ça ? avait demandé sa mère d'un ton
las.

Et, toute vibrante d'une colère qui lui donnait à
la fois une formidable sensation d'invincibilité et
l'impression de se comporter comme une vraie gamine,
Hadley avait ouvert la portière à la volée.

— Si mon avion s'écrase, par exemple, lui avait-elle
craché, sans vraiment savoir pourquoi elle lui disait
un truc pareil d'ailleurs, sauf qu'elle l'avait mauvaise,
qu'elle était à cran et qu'elle avait la trouille – c'est
bien dans ces cas-là qu'on dit ce genre de vacherie,
non ? – alors là, tu auras réussi à nous perdre tous les
deux.

Elles s'étaient regardées, les terribles, les impar-
donnables horreurs qu'elle venait de proférer tombant entre elles comme autant de briques édifiant un
infranchissable mur d'incommunicabilité. Au bout
d'un moment, Hadley était descendue de voiture,
balançant son sac à dos sur son épaule pour aller
récupérer d'un geste rageur sa valise sur la banquette
arrière.

— Hadley, l'avait interpellée sa mère, en bondis-
sant hors du véhicule pour lui lancer un dernier appel

des yeux par-dessus le toit de la voiture. Tu ne peux quand même pas…

— Je t'envoie un texto en arrivant, lui avait-elle lancé, en se dirigeant déjà vers le terminal.

Elle avait senti le regard de sa mère tout le long du trajet, mais un stupide orgueil mal placé l'avait empêchée de se retourner.

Maintenant, assise dans la brasserie de l'aéroport, le pouce au-dessus de la touche du numéro préenregistré, elle hésite. Elle respire un bon coup et appuie. Les battements de son cœur comblent les silences entre les sonneries.

Les mots qu'elle lui a dits résonnent encore dans sa tête. Non qu'elle soit superstitieuse de nature, mais qu'elle ait eu l'inconscience d'évoquer la possibilité d'un crash juste avant de décoller… ça la rend malade. Elle pense à cet autre avion, celui à bord duquel elle devrait se trouver et qui est probablement déjà bien loin au-dessus de l'Atlantique. Qu'est-ce qu'elle regrette de l'avoir raté, à présent ! Pourvu qu'elle n'ait pas, d'une manière ou d'une autre, mis la pagaille dans les mystérieux plans du hasard et du temps.

Quand elle tombe sur le répondeur, elle est à moitié soulagée. Elle commence à l'informer de son changement de programme, quand elle aperçoit Oliver qui revient. Pendant une seconde, elle croit reconnaître son expression : cette angoisse qui l'habite à l'instant même. Mais, dès qu'il la voit, il change de visage et voilà l'Oliver du début qui resurgit, aussi décontracté, joyeux presque, avec un sourire lumineux jusqu'au fond des yeux.

Elle s'était interrompue en plein milieu de son message et, tout en attrapant son porte-habits, Oliver lui désigne son téléphone du doigt pour l'inciter à poursuivre, avant de pointer son pouce en direction de la porte d'embarquement. Elle ouvre la bouche pour lui dire qu'elle n'en a que pour une minute, mais il a déjà tourné les talons. Alors, elle se dépêche de terminer :

— Donc je t'appelle demain quand j'arrive, conclut-elle dans l'appareil, d'une voix qui tremble un peu sur la fin. Et, maman, je suis désolée pour tout à l'heure, O.K. ? Je ne le pensais pas.

En se dirigeant à son tour vers la porte d'embarquement, elle balaie les environs du regard à la recherche d'une chemise bleue. Mais Oliver n'est nulle part en vue. Plutôt que de l'attendre au milieu d'une foule de voyageurs pressés, elle fait demi-tour pour aller aux toilettes. Et puis elle jette un œil aux boutiques cadeau, aux librairies et aux kiosques à journaux, déambulant nerveusement dans l'aérogare jusqu'à ce qu'il soit enfin l'heure d'embarquer.

Quand elle prend sa place dans la queue, elle se rend compte qu'au point où elle en est, elle est presque trop fatiguée pour éprouver la moindre anxiété. Elle a l'impression que ça fait des jours qu'elle est là. Et il y a tant d'autres causes d'inquiétude qui l'attendent : l'exiguïté de la cabine, la panique qui monte sans échappatoire possible. Il y a le mariage aussi et la réception. Et la rencontre avec Charlotte. Et les retrouvailles avec son père après plus d'un an de séparation. Mais, pour l'heure, elle ne pense plus qu'à une chose : mettre ses écouteurs, fermer les yeux et dormir. Que, dans le même temps, elle soit catapultée de l'autre côté de l'océan, sans le moindre effort de sa part, lui paraît presque tenir du miracle.

Quand c'est à son tour de tendre sa carte d'embarquement, le steward lui sourit dans sa moustache.

— On a peur de l'avion ?

Hadley se force à desserrer les doigts et lui adresse un pauvre petit sourire.

— Peur de l'atterrissage, lui répond-elle, en montant pourtant à bord de l'engin en question.

4

New York : 21 h 58
Londres : 02 h 58

Quand Oliver fait son apparition au bout du couloir, Hadley est déjà étroitement sanglée dans son siège, sa ceinture, attachée, et son sac, dûment rangé dans le casier au-dessus de sa tête. Ces sept dernières minutes, elle les a passées à compter les avions par le hublot et à examiner les motifs sur le dossier du fauteuil de devant, faisant celle qui ne se préoccupait pas – mais alors pas du tout – du moment où il allait arriver. À vrai dire, elle l'attendait et, quand il atteint enfin leur rangée, elle se prend à rougir sans autre raison que de le voir soudain penché au-dessus d'elle avec ce petit sourire en coin qui lui va si bien. Rien que de le sentir tout près, elle en a des picotements bizarres à l'intérieur, comme de l'électricité, et elle ne peut s'empêcher de se demander si ça lui fait le même effet.

— Je t'ai perdue avec cette cohue, lui dit-il.

Tout juste si elle réussit à hocher la tête, trop contente qu'il l'ait retrouvée.

Il balance son porte-habits dans le compartiment au-dessus d'eux avant de se glisser prestement dans le siège du milieu, repliant ses interminables jambes du mieux qu'il peut et coinçant le reste entre des accoudoirs pas franchement accommodants – pour les grands formats, la classe touriste, ça ne pardonne pas. Elle le regarde, le cœur chahuté par cette soudaine proximité, tout palpitant de voir avec quel naturel il s'installe à côté d'elle, se rapprochant sans complexe jusqu'à pratiquement la toucher.

— Je m'assieds juste une minute, la prévient-il, en s'adossant confortablement. Le temps qu'il vienne quelqu'un.

Elle se rend alors compte que, tout en la vivant, une partie d'elle est déjà en train d'écrire l'histoire pour ses copines, celle qui raconte comment elle a rencontré ce garçon craquant avec un super accent, dans l'avion, et comment ils n'ont pas arrêté de parler. Mais l'autre partie, la plus pragmatique, s'inquiète à l'idée d'arriver au mariage de son père sans avoir dormi. Parce que comment pourrait-elle dormir avec un tel voisin, surtout quand il est si près ? Son coude frôle le sien et leurs genoux se touchent presque. Et puis il y a cette odeur enivrante aussi, ce merveilleux mélange masculin de déo et de shampooing…

Il tire un tas de trucs de sa poche, farfouillant parmi des pièces de monnaie pour finalement en extraire un bonbon emballé d'un papier tout pelucheux qu'il lui offre poliment avant de le gober.

— Il date de quand, ce machin ? lui demande-t-elle, en fronçant le nez.

— Mathusalem. Je suis pratiquement sûr de l'avoir récupéré au fond d'un vieux bocal, la dernière fois que je suis rentré à la maison.

— Laisse-moi deviner. Ça faisait partie d'une étude sur le processus de fermentation du sucre au fil du temps.

Il se marre en silence.

— Quelque chose comme ça.

— Non, sans rire, c'est quoi ton sujet d'étude ?

— Secret Défense, lui répond-il avec le plus grand sérieux. Et, comme tu m'as l'air sympa, je ne voudrais pas être obligé de te supprimer.

— Oh ! merci ! Tu ne pourrais pas me dire au moins ta spécialité ? Ou est-ce que ça aussi c'est top secret ?

— Psycho sans doute. Je ne suis pas encore tout à fait fixé.

— Aaah ! Voilà qui explique toutes ces prises de tête.

Cette fois, Oliver éclate carrément de rire.

— Tu appelles ça des « prises de tête » ? Moi, j'appelle ça de la recherche.

— J'ai intérêt à faire attention à ce que je dis alors, si je suis analysée.

— Absolument. Je t'ai à l'œil.

— Et ?

Il lui adresse un sourire énigmatique.

— Trop tôt pour me prononcer.

Dans le couloir de l'avion, une vieille dame s'arrête à leur hauteur et louche sur sa carte d'embarquement. Elle porte une robe à fleurs et ses cheveux blancs sont si fins qu'on peut voir son crâne au travers. Sa main tremble un peu quand elle désigne le numéro affiché au-dessus de leurs sièges.

— Je crois que c'est ma place, déclare-t-elle, en triturant sa carte d'embarquement avec son pouce.

Oliver fait un tel bond qu'il se cogne la tête contre la clim.

— Pardon, bredouille-t-il, en essayant de s'effacer devant elle, ses gestes pour l'inviter à passer n'arrangeant vraiment rien dans un espace aussi restreint. Je m'étais juste installé là en attendant.

La vieille dame le dévisage un moment, avant de couler un regard vers Hadley. Ils peuvent presque voir l'idée germer dans son esprit. Le coin de ses yeux humides se frise de petites rides.

— Oh ! s'exclame-t-elle, en joignant les mains. Je n'avais pas compris que vous étiez ensemble. (Elle laisse tomber son sac sur le premier siège.) Restez donc où vous êtes, mes enfants. Je serai très bien ici.

Oliver a juste l'air d'avoir du mal à retenir un fou rire. Mais Hadley s'inquiète : voilà qu'il a perdu sa place stratégique. C'est vrai, qui voudrait passer sept heures coincé dans le siège du milieu ? Cependant, comme la vieille dame se baisse maladroitement pour s'asseoir tant bien que mal dans son fauteuil en bout de rang, il lui adresse un sourire si rassurant qu'elle ne peut s'empêcher d'éprouver un réel soulagement. Parce que, franchement, maintenant qu'il est là, comment imaginer qu'il ait pu en être autrement ? Maintenant qu'il est là, se retrouver obligée de traverser un océan entier avec quelqu'un entre eux ? Mais ce serait une véritable torture !

— Donc, reprend la vieille dame, en fourrageant dans son sac pour en sortir une paire de bouchons d'oreille en mousse, comment vous êtes-vous rencontrés tous les deux ?

Ils échangent un coup d'œil complice.

— Croyez-le ou non, mais c'était à l'aéroport.

— Quelle merveille ! s'extasie la vieille dame. (Elle a l'air absolument ravie.) Et comment ça s'est passé ?

— Eh bien, dit Oliver, en se redressant sur son siège, je dois avouer que je me suis montré de la plus parfaite galanterie : je lui ai proposé de lui porter sa valise. Et puis, on a commencé à parler, et de fil en aiguille…

Hadley a les yeux qui pétillent.

— Et il ne l'a pas lâchée depuis.

— Oh ! Tout vrai gentleman en aurait fait autant, proteste Oliver, jouant la fausse modestie.

— Seulement les plus galants.

Cet échange semble réjouir la vieille dame, constellant son visage de minuscules ridules.

— Et vous voilà côte à côte.

Oliver sourit.

— Et nous voilà côte à côte.

Hadley est surprise par la force avec laquelle elle souhaite voir se réaliser ce vœu qu'elle sent monter en elle comme une prière : elle voudrait que tout ça soit vrai, que ce soit plus qu'une simple histoire, que ce soit *leur* histoire.

Mais il se retourne vers elle et le charme est rompu. Tout juste si ses prunelles ne crépitent pas d'étincelles tant il a l'air de trouver ça drôle. Il s'assure même du regard qu'elle est bien de connivence. Elle réussit à lui adresser un petit sourire, avant qu'il ne revienne vers la vieille dame, qui s'est lancée dans le récit de sa rencontre avec son mari.

Ces choses-là n'arrivent jamais, songe Hadley. Pas en vrai. Pas à elle.

— ... et notre petit dernier a quarante-deux ans, poursuit la vieille dame.

Sous son menton, la peau tombe en plis mous qui tremblent comme de la gelée quand elle parle, et Hadley porte machinalement la main à sa gorge, faisant glisser ses doigts le long de son cou.

— ... et, en août, ça nous fera cinquante-deux ans de vie commune.

— Ouah ! s'extasie Oliver. C'est incroyable.

— Incroyable ? Non, je ne dirais pas ça, lui rétorque la vieille dame, en clignant des yeux. C'est tout simple : il suffit de tomber sur la bonne personne.

Le couloir est désormais vide, en dehors du personnel de bord qui le parcourt de long en large pour vérifier les ceintures de sécurité, et la vieille dame sort une bouteille d'eau de son sac, ouvrant sa paume parche-minée pour révéler un somnifère.

— Lorsque vous regardez ça de la rive opposée, reprend-elle, cinquante-deux ans peuvent sembler à peine cinquante-deux minutes. (Elle penche la tête en arrière et avale son comprimé.) Tout comme, quand on est jeunes et amoureux, un trajet de sept heures en avion peut sembler durer toute une vie.

Oliver se tapote les genoux – coincés contre le dossier du siège de devant.

— J'espère bien que non ! plaisante-t-il.

Mais la vieille dame se contente de sourire.

— Je n'en doute pas une seule seconde, chantonne-t-elle, en enfonçant un bouchon d'oreille dans son oreille droite, avant de répéter la même opération dans la gauche. Bon voyage !

— À vous aussi, lui répond Hadley.

Mais la tête de la vieille dame a déjà roulé sur le côté et, en un quart de seconde, la voilà qui ronfle.

Sous leurs pieds, l'avion se met à vibrer. Un grondement leur annonce que les moteurs viennent de se réveiller. Dans le haut-parleur, une des hôtesses leur rappelle qu'il est interdit de fumer et que les passagers sont tenus de rester assis tant que le commandant de bord n'a pas éteint le signal lumineux « FASTEN SEAT BELT ». Une autre explique le bon usage des gilets de sauvetage et des masques à oxygène. Elle exécute sa démonstration tout en récitant sa leçon, tandis que, dans leur grande majorité, les passagers se font un devoir de l'ignorer, examinant leurs journaux ou leurs magazines, coupant leurs portables et ouvrant leurs livres.

Hadley s'empare de la fiche plastifiée décrivant les consignes de sécurité dans la poche du dossier en face d'elle et fronce les sourcils devant tous ces petits bonshommes et ces petites bonnes femmes de bande dessinée qui, bizarrement, ont l'air enchantés de sauter de toute une série d'avions ronds et colorés. À côté d'elle, Oliver pouffe. Elle relève les yeux.

— Quoi ?

— C'est bien la première fois que je vois quelqu'un lire un de ces trucs.

— Eh bien, tu as beaucoup de chance d'être assis à côté de moi, alors.

— De façon générale ?

Elle se marre.

— Eh bien, surtout en cas d'accident.

— Oh ! assurément. C'est fou ce que je me sens en sécurité. Quand je m'assommerai contre ma tablette au cours du prochain atterrissage d'urgence, j'ai hâte de te voir, avec tes un mètre cinquante toute dépliée, me porter pour me sortir de là.

Elle change de visage.

— Il ne faut pas plaisanter avec ça.

— Désolé, s'excuse-t-il en se rapprochant.

Il pose alors sa main *à lui* sur son genou *à elle* : un acte si inconscient qu'il ne semble pas s'en rendre compte avant qu'elle ne baisse soudain les yeux, surprise par le contact de cette paume chaude sur sa jambe nue. Il recule brusquement, l'air presque aussi stupéfait qu'elle, et secoue la tête.

— Le vol… tout se passera bien, se reprend-il aussitôt. Je blaguais.

— Ça va, lui assure-t-elle d'une toute petite voix. D'habitude, je ne suis pas aussi superstitieuse.

Derrière le hublot, plusieurs hommes en gilet jaune fluo encerclent l'énorme avion et elle se penche pour regarder. La vieille dame tousse dans son sommeil. D'un même mouvement, ils se tournent tous les deux vers elle, alarmés. Mais, les paupières palpitantes, elle a déjà retrouvé les bras de Morphée.

— Cinquante-deux ans, lâche soudain Oliver, avec un petit sifflement admiratif. C'est impressionnant.

— Moi qui ne crois déjà pas au mariage ! renchérit Hadley.

Il a l'air surpris.

— Mais ce n'est pas à un mariage que tu vas ?

— Si-si. Justement, c'est bien ce que je veux dire.

Il la regarde sans comprendre.

— Pas la peine d'en faire tout un plat, lui explique-t-elle. À quoi ça rime d'obliger les gens à traverser la moitié du globe pour qu'ils soient témoins de votre amour ? Vous voulez faire votre vie ensemble ? Parfait. Mais c'est entre deux personnes que ça se passe et ça devrait suffire. Pourquoi tout ce cirque ? Quel besoin d'aller étaler ça devant tout le monde ?

Ne sachant manifestement pas trop quoi en penser, Oliver se frotte songeusement le menton.

— On dirait plutôt que c'est à la cérémonie et non au sacrement du mariage que tu ne crois pas, conclut-il finalement.

— Je ne suis pas franchement fan, ni de l'un ni de l'autre, en ce moment.

— Je ne sais pas… Je trouve ça plutôt sympa comme idée.

— Eh bien pas moi, s'obstine-t-elle. Tout ça, c'est pour épater la galerie. On ne devrait pas avoir besoin de prouver quoi que ce soit, si on est vraiment sincère. Ça devrait être bien plus simple que ça. Ça devrait vouloir dire quelque chose.

— C'est le cas, il me semble, objecte doucement Oliver. C'est une promesse.

— J'imagine, concède-t-elle, sans parvenir à retenir un soupir. Mais tout le monde ne la tient pas, cette promesse. (Elle jette un coup d'œil à la vieille dame qui dort toujours aussi profondément.) Tout le monde ne tient pas cinquante-deux ans. Et même, quelle importance ça peut bien avoir que vous vous soyez plantés devant tous ces gens pour vous jurer une fidélité éternelle ? L'important, c'est d'avoir eu quelqu'un sur qui compter pendant tout ce temps. Même quand ça craignait.

Il rit.

— Le mariage : pour quand ça craint.

— Non, sérieusement, insiste-t-elle. Comment savoir autrement si ça veut vraiment dire quelque chose, à moins qu'il y ait quelqu'un qui soit là pour te tenir la main dans les coups durs ?

70

— Alors c'est juste ça ? Pas de cérémonie, pas de serment, juste quelqu'un qui soit là pour te tenir la main quand les choses se gâtent ?

— Exactement, confirme-t-elle, acquiesçant du menton avec conviction.

Oliver secoue la tête. Il a l'air scié.

— Mais c'est le mariage de qui ? Un de tes ex ?

Hadley éclate de rire. Elle n'a pas pu s'en empêcher.

— Qu'est-ce qu'il y a ?

— Mon ex-petit ami passe presque tout son temps sur sa console de jeux et le reste à livrer des pizzas. C'est juste marrant de l'imaginer dans le rôle du jeune marié.

— Je me disais aussi que tu étais un peu jeune pour jouer celui de la femme bafouée.

— J'ai dix-sept ans ! se rebiffe-t-elle aussitôt.

Il lève les mains pour lui montrer qu'il rend les armes.

L'avion commence à se détacher du satellite et Oliver se penche pour regarder par le hublot. Il y a des lumières à perte de vue, comme un reflet des étoiles, et les pistes forment de gigantesques constellations où des dizaines d'avions attendent leur tour pour décoller. Hadley a les mains nouées sur le ventre et respire à pleins poumons.

— Donc, reprend Oliver, en se recalant contre son dossier. Je crois qu'on a un peu mis la charrue avant les bœufs, hein ?

— Qu'est-ce que tu entends par là ?

71

— Juste qu'une discussion sur la définition du grand amour est plutôt un sujet qu'on aborde au bout de trois ou quatre mois, pas de trois heures.

— D'après elle, lui fait remarquer Hadley, en désignant la voisine d'Oliver du menton, trois heures ça équivaut quasiment à trois ans.

— Oui, enfin, quand on est amoureux.

— Très juste. Donc, on n'est pas concernés.

— Non, acquiesce Oliver avec un petit sourire en coin. On n'est pas concernés. Une heure c'est une heure. Et on fait tout à l'envers.

— Comment ça ?

— Je connais ta vision du mariage, mais on n'a pas encore passé en revue les trucs vraiment importants.

— Genre ?

— Quelle est ta couleur favorite ou ton plat préféré, par exemple.

— Le bleu et tout ce qui est mexicain.

Il hoche la tête d'un air approbateur.

— Très honorable. Moi, c'est vert et le curry.

— Le curry ? (Elle fait la grimace.) Sans déc' ?

— Hé ! Des goûts et des couleurs… Quoi d'autre ?

Les lumières de la cabine baissent pour le décollage. Les moteurs vrombissent sous leurs pieds. Hadley ferme un instant les yeux.

— Quoi d'autre quoi ?

— Animal préféré ?

— Je ne sais pas… Les chiens ?

Oliver secoue la tête.

— Trop bateau. Deuxième essai.

— Les éléphants alors.

— Sérieusement ?

Elle opine du bonnet.

— Comment ça se fait ?

— Quand j'étais petite, je ne pouvais pas dormir sans cet éléphant en peluche tout mité, explique-t-elle, sans trop savoir pourquoi elle pense à ça maintenant.

C'est peut-être parce qu'elle va bientôt revoir son père, ou peut-être que c'est juste l'avion qui s'échauffe, là, en dessous, réveillant inconsciemment le désir puéril de serrer son vieux doudou contre elle.

— Je ne suis pas très sûr que ça compte.

— C'est que tu n'as jamais rencontré Monsieur Éléphant.

Il se marre.

— Et c'est toi qui es allée pêcher un nom pareil, toute seule comme une grande ?

— Parfaitement !

Elle sourit rien que d'y repenser.

Monsieur Éléphant ! Il avait des yeux noirs vitreux, des oreilles qui pendouillaient et une queue en corde tressée, mais il parvenait toujours à tout arranger. Des légumes qu'il fallait se forcer à ingurgiter aux collants qui grattaient, du pied qu'on s'était cogné à la gorge en feu qui vous clouait au lit, Monsieur Éléphant était là. Il était l'antidote universel : il consolait de tout. Avec le temps, il avait perdu un œil et une bonne partie de sa queue. Il s'était fait pleurer dessus, renifler dessus, marcher dessus, écraser… Pourtant, quand Hadley avait quelque chose de travers, papa n'avait qu'à poser la main sur sa tête pour la diriger vers sa chambre.

« Il est temps de consulter Monsieur Éléphant », déclarait-il. Et ça marchait. À tous les coups. Évidemment, le crédit en revenait sans doute plus à son père qu'au petit éléphant en peluche, mais c'est seulement maintenant qu'elle en prend vraiment conscience.

Oliver la dévisage d'un air amusé.

— Je ne suis pas convaincu pour autant que ça compte.

— Soit. Et toi alors, c'est quoi ton animal préféré ?

— L'aigle. L'aigle à tête blanche, celui du drapeau américain.

Elle éclate de rire.

— Je ne te crois pas.

— Tu ne me crois pas ? Moi ? s'offusque-t-il, la main sur le cœur. Est-ce donc si mal d'aimer un animal qui se trouve être aussi le symbole de la liberté ?

— Et, en plus, tu te fiches de moi.

— Ce n'est pas impossible, admet-il, avec un sourire goguenard. Mais est-ce que ça marche ?

— Quoi ? Le fait que ça me donne de plus en plus envie de te passer une muselière ?

— Non, chuchote-t-il. Est-ce que je réussis à t'en distraire ?

— De quoi ?

— De ta claustrophobie.

Elle le remercie d'un sourire.

— Un peu. Mais le pire, c'est surtout quand on prend de l'altitude.

— Comment ça se fait ? Ce n'est pas l'espace qui manque là-haut.

— Oui, mais pas d'échappatoire possible.

— Ah ! Parce que tu cherches une échappatoire.

Elle hoche la tête avec conviction.

— Toujours.

— Pas étonnant, soupire-t-il avec emphase. Je fais souvent cet effet-là aux filles.

Elle laisse fuser un petit rire bref, puis referme aussitôt les yeux. L'avion accélère, fonçant comme un boulet de canon sur la piste avec un vrombissement d'enfer. La vitesse le cédant à la gravité, les voilà scotchés à leur dossier. Basculant en arrière, l'avion les propulse alors dans les airs comme un oiseau de métal géant.

Elle se cramponne à l'accoudoir tandis qu'ils s'élèvent toujours plus haut dans le ciel noir, les lumières, tout en bas, virant bientôt aux pixels façon écran de PC pour dessiner des quadrillages en pointillé. Ses oreilles commencent à bourdonner à mesure que la pression augmente et elle appuie son front contre le hublot. Elle appréhende le moment où ils vont crever le plafond de nuages bas, quand le sol disparaîtra et qu'ils n'auront plus autour d'eux que l'immense vacuité du ciel : un vide vertigineux.

Derrière le hublot, les contours des parkings et des lotissements se fondent en un ensemble indistinct à mesure qu'ils s'éloignent. Hadley regarde le monde changer, se brouiller… les lampadaires avec leur halo jaune orangé… les longs rubans d'autoroute bitumés… Elle se redresse. Son front est froid contre le Plexiglas. Elle plisse les yeux pour ne rien perdre de vue. Pas encore. Ce n'est pas tant voler qui lui fait peur que d'être catapultée à la dérive dans l'infini. Pour le moment, ils sont encore assez bas pour distinguer les fenêtres allumées des immeubles en dessous. Pour le moment, Oliver est près d'elle, repoussant les nuages à distance : son garde-fou.

5

New York : 22 h 36
Londres : 03 h 36

Ils ne sont en vol que depuis quelques minutes, mais, apparemment, Oliver estime que c'est suffisant pour reprendre la conversation. En entendant sa voix tout près de son oreille, Hadley sent quelque chose se dénouer à l'intérieur. Elle desserre les poings. D'abord un doigt, puis l'autre, un à un.

— Une année, j'ai survolé la Californie le 4 juillet.

Elle tourne imperceptiblement la tête.

— La nuit était claire et on pouvait voir tous les feux d'artifice tirés sur le trajet, toutes ces minuscules explosions qui se succédaient, de ville en ville.

Elle se penche de nouveau vers le hublot. Son cœur cogne dans sa poitrine quand elle regarde le vide en dessous, cette béance noire. Elle ferme les yeux et essaie d'imaginer des feux d'artifice à la place.

— Pour quelqu'un qui n'était pas au courant, ça devait être assez terrifiant, en un sens. Mais, vu d'en haut, c'était plutôt joli, ces petites étincelles qui crépitaient en silence. Difficile d'imaginer que c'étaient les mêmes énormes déflagrations que tu entends d'en bas. (Il marque un temps.) Question de perspective, je suppose.

Elle tourne les yeux vers lui, le dévisage.

— C'est censé aider ?

Elle n'a pas dit ça méchamment. Elle cherche juste à comprendre la morale de l'histoire.

— Non. Non, pas vraiment, concède-t-il, avec une petite moue dépitée. J'essayais juste de détourner ton attention, comme tout à l'heure.

Elle sourit.

— Merci. Et tu en as d'autres des comme ça ?

— Des tonnes. Je pourrais te casser les oreilles jusqu'à ce que tu demandes grâce.

— Pendant sept heures ?

— Tu paries ?

L'avion s'est stabilisé à présent et, quand elle commence à avoir la nausée, elle tente de se concentrer sur le siège de devant. Il est occupé par un homme avec de grandes oreilles et quelques cheveux clairsemés qui se battent en duel. Ce n'est pas qu'il soit chauve à proprement parler, non. Juste assez dégarni pour que tu voies d'ici sa future calvitie. C'est un peu comme si elle lisait l'avenir sur sa tête. Du coup, elle se demande s'il existe des signes révélateurs comme ça pour tout le monde, des indices cachés permettant

78

de savoir celui ou celle qu'on deviendra plus tard ? Quelqu'un avait-il deviné, par exemple, que la dame côté couloir cesserait un jour de porter sur le monde le regard pétillant de ses beaux yeux bleus pour ne plus le voir qu'à travers un léger brouillard ? Ou que ce monsieur, qu'ils aperçoivent de biais, en bout de rangée, serait obligé de se tenir une main avec l'autre pour l'empêcher de trembler ?

Mais, en fait, c'est à son père qu'elle pense.

Est-ce qu'*il* aura changé ? Voilà ce qui la travaille en réalité.

Dans l'avion, l'air est si sec et confiné qu'il lui fait mal au nez. Alors elle ferme ses yeux irrités et retient son souffle comme en apnée – pas très difficile à imaginer vu qu'ils flottent entre ciel et terre, au beau milieu de la nuit, nageant dans l'immensité, le néant… Elle soulève subitement les paupières et, d'un geste vif, rabat le store du hublot. Oliver hausse les sourcils, mais se garde de tout commentaire.

Un souvenir s'impose soudain à son esprit, le genre de souvenir dont on préférerait se passer. C'est un vol qu'elle a fait avec son père, il y a des années – difficile, maintenant, de dire combien. Elle le revoit en train de jouer machinalement avec le store du hublot. Il le ferme, puis l'ouvre et le referme, encore et encore, en haut, en bas, en haut, en bas, jusqu'à ce que les passagers, de l'autre côté, finissent par se pencher pour jeter un coup d'œil agacé, les sourcils froncés et les lèvres pincées. Dès que le voyant lumineux de la ceinture s'éteint, il bondit de son siège pour se faufiler devant elle et gagner le couloir, se penchant au passage pour l'embrasser. Pendant deux heures, il fait les cent pas, des premières classes jusqu'aux toilettes, tout au bout, s'interrompant de temps à autre pour venir lui demander ce qu'elle fait, si ça va, ce qu'elle lit, avant de repartir aussitôt. On dirait quelqu'un qui attend son bus depuis des siècles et ne tient plus en place.

Avait-il toujours été aussi nerveux ? Comment savoir maintenant ?

Elle se retourne vers Oliver.

— Et alors ? Est-ce que ton père est venu te voir souvent ?

Il la regarde, à moitié effaré. Elle lui rend son regard, aussi surprise que lui par la question. « Tes parents », elle avait voulu dire : « Est-ce que *tes parents* sont venus te voir souvent ? » Le mot « père » s'était glissé là comme inconsciemment.

Oliver s'éclaircit la gorge en laissant retomber ses mains sur ses genoux et se met à plier sa ceinture en accordéon jusqu'à obtenir un joli petit paquet bien serré.

— Non, juste ma mère, lui répond-il. Elle m'a accompagné à la rentrée. Elle ne supportait pas l'idée de m'envoyer à l'école de l'autre côté de l'Atlantique sans s'assurer d'abord que mon lit était bien bordé.

— Oh ! c'est mignon, s'attendrit Hadley, en essayant de ne pas penser à sa propre mère et à leur dispute de tout à l'heure. Elle a l'air adorable.

Elle s'attend à ce qu'il s'étende un peu sur le sujet ou à ce qu'il l'interroge sur sa propre famille – parce que, bon, ça semble la façon normale de poursuivre une conversation entre deux personnes qui n'ont nulle part où aller et plusieurs heures à tuer. Mais il se contente de suivre du bout du doigt les lettres brodées sur le dossier devant lui : « FASTEN SEAT BELT WHILE SEATED ».

Au-dessus d'eux, l'un des écrans noirs s'allume et on annonce le film qui sera projeté pendant le vol. C'est un dessin animé, l'histoire d'une famille de canards. Il se trouve qu'elle l'a déjà vu, mais, quand Oliver grogne, elle est à deux doigts de nier tout en bloc. La voilà pourtant qui se tourne vers lui et le toise d'un œil critique.

— Je ne vois pas où est le problème. Tu as quelque chose contre les canards ? lui balance-t-elle.

Il lève les yeux au ciel.

— Des canards qui parlent ?

Elle se marre en silence.

— Oh mais attends ! Ils chantent aussi.

— Ne me dis pas que tu l'as déjà vu.

Elle fait le signe de la victoire.

— Deux fois.

— C'est pour les enfants de cinq ans. Tu es au courant ?

— Les enfants entre cinq et huit ans, oui, merci.

— Et quel âge tu as déjà ?

— Je suis assez grande pour pouvoir apprécier nos amis aux pieds palmés.

— Toi, s'esclaffe-t-il, trop mort de rire pour pouvoir se retenir, tu es aussi cinglée que le Chapelier fou et le Lièvre de Mars réunis.

— Attends, là, lui réplique-t-elle avec une expression horrifiée, ce ne serait pas une référence à… un *dessin animé*?

— Non, mademoiselle Je-Sais-Tout. C'est une référence à Lewis Carroll. Une fois de plus, je peux constater, grâce à toi, l'excellence de l'éducation à l'américaine.

— Hé! proteste-t-elle, en lui donnant une petite tape sur le torse (un geste si spontané qu'il est parti avant qu'elle n'ait eu le temps d'y penser – ce qui le fait manifestement marrer). Aux dernières nouvelles, c'est bien dans une université américaine que tu t'es inscrit, non?

— Exact. Mais c'est parce que je peux compenser grâce à l'intelligence et au charme tout britanniques dont j'ai été largement doté.

— C'est cela oui. Ton charme. Je me demande quand je vais en voir la couleur.

Il ne peut réprimer un léger frémissement à la commissure de ses lèvres.

— Un certain jeune homme ne t'aurait-il pas aidée à porter ta valise, il y a peu?

— Ah oui! s'exclame-t-elle, en se tapotant le menton du bout de l'index. Ce garçon-là! Il était génial. Je me demande où il a bien pu passer.

— C'est justement mon sujet d'étude, lui affirme-t-il, en riant dans sa barbe. Pour ma bourse de recherche de cet été.

— Mais encore?

— Le dédoublement de personnalité chez les jeunes adultes mâles majeurs et vaccinés.

— Mais oui, bien sûr ! Le seul truc plus effrayant que la fermentation de la mayo.

À son grand étonnement, une mouche apparaît au même moment au niveau de son oreille. Elle essaie de la chasser. Sans succès. La voilà qui revient bourdonner l'instant d'après, exécutant d'exaspérantes boucles autour de leurs têtes comme un skater perfectionnant ses figures acrobatiques pendant des heures.

— Je me demande si elle a pris un billet, lâche Oliver.

— Naaan. Probablement un passager clandestin.

— La pauvre n'a même pas idée qu'elle va atterrir dans un pays étranger.

— Où tout le monde parle avec un drôle d'accent.

Oliver agite la main pour chasser la mouche sans répondre.

— Elle trouve qu'elle vole super vite, tu crois ? Comme quand on marche sur un tapis roulant. Elle doit halluciner de filer à une allure pareille.

— Tu n'as jamais fait de physique ? s'indigne Oliver, en roulant des yeux comme des billes. C'est ce qu'on appelle la relativité. Elle vole par rapport à l'avion, pas par rapport au sol.

— C'est ça, monsieur Puits-De-Science.

— Pour elle, c'est juste un jour normal dans sa petite vie de mouche.

— Sauf qu'elle est en route pour Londres.

— Oui, admet Oliver en haussant les épaules. Sauf que.

Une hôtesse apparaît alors dans la pénombre du couloir, plusieurs dizaines de casques pendus à son bras comme autant de lacets. Elle se penche au-dessus de la vieille dame et leur demande, en chuchotant avec des mines de conspirateur :

— L'un d'entre vous voudrait-il des écouteurs ?

Ils secouent tous les deux la tête.

— J'ai ce qu'il faut, merci, lui répond Oliver.

Et, comme l'hôtesse passe au rang suivant, il plonge la main dans sa poche pour en sortir un casque qu'il débranche de son iPod. Hadley se penche pour attraper son sac à dos sous le siège et récupérer le sien.

— Je ne voudrais surtout pas rater la danse des canards, plaisante-t-elle.

Mais il ne l'écoute pas. Il est en train d'examiner les bouquins et les magazines qu'elle a empilés sur ses genoux en fouillant dans son sac.

— Mais c'est que tu as des lettres, finalement, raille-t-il, en prenant l'exemplaire tout usé de *L'Ami commun*. (Il en tourne les pages avec un soin qui confine à la révérence.) J'adore Dickens.

— Moi aussi. Mais je n'ai pas lu celui-là.

— Tu devrais. C'est l'un de ses meilleurs.

— C'est ce qu'on m'a dit.

— Quelqu'un l'a lu, en tout cas. Tu as vu toutes ces pages cornées ?

— Il appartenait à mon père, lui explique-t-elle avec un irrépressible petit froncement de sourcils. Il me l'a offert.

Oliver relève les yeux vers elle et ferme le livre.

— Et ?

— Et je l'ai emporté pour le lui rendre.

— Sans l'avoir lu ?

— Sans l'avoir lu.

— C'est plus compliqué que ça n'en a l'air, je suppose.

Elle hoche la tête.

— Tu supposes bien.

Il le lui avait donné lors de ce fameux séjour au ski où elle l'avait vu pour la dernière fois. Au retour, alors qu'ils s'apprêtaient à faire la queue pour les formalités de police, il avait soudain plongé la main dans son sac et en avait sorti cet épais volume noir aux pages jaunies.

« J'ai pensé qu'il pourrait te plaire, celui-là », avait-il dit avec un sourire qui avait quelque chose d'un peu désespéré.

Depuis qu'elle avait surpris sa conversation au téléphone avec Charlotte, de cette seconde où elle avait fait le rapprochement et enfin compris de quoi il retournait, elle lui avait à peine adressé la parole. Elle n'avait plus eu qu'une seule idée : rentrer, se rouler en boule sur le canapé, poser la tête sur les genoux de sa mère et ouvrir ces vannes qu'elle avait si étroitement vissées durant des jours entiers. Tout ce qu'elle voulait c'était pleurer, pleurer, pleurer jusqu'à ne plus avoir de larmes, jusqu'à ce que tout ça soit oublié.

Mais voilà que son père la regardait, avec sa drôle de barbe rousse, sa nouvelle veste en tweed et son cœur ancré quelque part, de l'autre côté de l'Atlantique, sa main ployant sous le poids de ce pavé qu'il lui tendait.

« Ne t'inquiète pas, l'avait-il rassurée, avec un petit rictus incertain, ce n'est pas de la poésie. »

Elle avait finalement pris le livre et consulté la couverture. Il n'y avait pas de jaquette, juste des mots gravés sur le fond noir : *L'Ami commun*.

« Ce n'est pas facile, maintenant, avait-il repris, une légère fêlure dans la voix sur la fin. Je n'ai plus beaucoup l'occasion de guider tes lectures. Mais il est des livres trop importants pour se retrouver perdus dans tout ça. »

Il avait agité la main, les reliant d'un geste, comme pour préciser ce que « tout ça » signifiait.

« Merci », lui avait-elle répondu, en plaquant le livre contre sa poitrine comme un bouclier, l'enserrant étroitement pour ne pas avoir à enlacer son père.

Quand elle pensait qu'il ne leur restait plus que ça, que cette espèce de rendez-vous manqué, ce malaise, ce terrible silence… C'était presque plus qu'elle n'en pouvait supporter. Elle sentait alors monter en elle un terrible sentiment d'injustice. Parce que c'était sa faute. Oui, c'était sa faute à lui, tout ça. Pourtant, cette haine qu'elle lui vouait, c'était encore de l'amour, elle le savait, le pire des amours : un manque cruel, un regret torturant, un désir éconduit qui lui faisaient battre le cœur, lui pilonnaient la poitrine. Elle ne pouvait ignorer cette sensation d'arrachement, comme s'ils étaient désormais deux pièces de deux puzzles différents que rien au monde ne pourrait plus jamais faire coïncider.

« Viens me voir bientôt, d'accord ? » lui avait-il lancé, en s'avançant impulsivement pour la prendre dans ses bras.

Elle avait hoché la tête contre son torse, inerte, s'était écartée. Mais ce n'était pas près d'arriver : elle n'avait aucune intention de lui rendre visite là-bas. Et, même si elle n'avait pas été fondamentalement opposée à cette idée, comme ses parents l'espéraient, elle ne voyait absolument pas comment ça pouvait marcher. Elle était censée faire quoi au juste ? Passer Noël là-bas et Pâques ici ? Voir son père pendant les vacances, une fois sur deux, et une semaine l'été ? Juste assez pour avoir un vague aperçu de sa nouvelle vie, par bribes, minuscules miettes d'un monde dans lequel elle n'aurait, de toute façon, aucune place ? Et, pendant tout ce temps, rater tous ces bons moments avec sa mère ? Sa mère qui n'avait rien fait et qui allait, en plus, se retrouver toute seule à Noël ?

Mais ce n'était pas une vie, ça ! Si le temps avait été extensible, peut-être, ou plus malléable, à la rigueur. Si elle avait eu le don d'ubiquité, pu vivre deux existences parallèles, ou, plus simple encore, si seulement son père pouvait revenir à la maison ! Parce que, pour elle, il n'y avait pas trente-six solutions : c'était tout ou rien. Pas de demi-mesure. Aussi illogique, aussi irrationnel que ça puisse paraître. Même si, au fond, elle savait bien que rien, ce serait trop dur et que tout, c'était désormais impossible.

En rentrant du ski, elle avait rangé le livre sur une des étagères de sa chambre. Mais elle n'avait pas mis longtemps à le déplacer, le fourrant sous un tas d'autres bouquins, dans un coin de son bureau, et puis dans une nouvelle pile, près du rebord de la fenêtre, le lourd pavé sautant d'un bord à l'autre de la pièce comme une pierre qui ricoche à la surface de l'eau pour, au bout du compte, finir au fond de son placard, où il était resté jusqu'à ce matin. Et voilà qu'Oliver s'était mis à le feuilleter, ses doigts se baladant entre des pages qui n'avaient pas été ouvertes depuis des mois.

— C'est le sien, le mariage, lâche-t-elle tout bas. C'est le mariage de mon père.

— Ah !

— Mouais.

— J'imagine que ce n'est pas un cadeau de mariage, alors.

— Non. C'est plutôt un geste symbolique. Peut-être même un geste de protestation.

— Une protestation dickensienne ? Intéressant.

— Un truc comme ça.

Il feuillette toujours distraitement, flânant au fil des pages, s'arrêtant de temps en temps pour parcourir quelques lignes.

— Peut-être que tu devrais y réfléchir à deux fois.

— Je peux toujours en trouver un autre exemplaire à la bibli.

— Ce n'est pas ce que je voulais dire.

— Je sais, murmure-t-elle, en laissant son regard revenir se poser sur le livre.

Comme il tourne les pages, quelque chose lui attire soudain l'œil et elle lui agrippe le poignet, sans bien se rendre compte de ce qu'elle fait.

— Attends, arrête !

Il lève les mains en l'air et elle prend le bouquin pour le reposer sur ses genoux.

— Je crois que j'ai vu un truc, dit-elle, en plissant les yeux.

Elle revient quelques pages en arrière. En apercevant cette phrase soulignée, elle cesse de respirer. La ligne est irrégulière et l'encre, passée. C'est le plus rudimentaire des repères : pas le moindre commentaire dans la marge, pas de page cornée pour le signaler. C'est juste une ligne, une simple ligne cachée au beau milieu du bouquin, enfouie, que seul un trait ondulé à l'encre noire permet de distinguer.

Même après tous ces mois de silence, même après tout ce qu'elle lui a balancé – et avec tout ce qu'elle ne lui a pas encore balancé –, même si elle a bien l'intention de le lui rendre, ce maudit bouquin (parce que c'est comme ça qu'on dit ce qu'on a à dire, pas avec une citation vaguement soulignée, au hasard, dans un vieux roman), elle a encore des palpitations à l'idée que, peut-être, pendant tout ce temps, elle est passée à côté de quelque chose d'important. Et, maintenant, ce quelque chose-là la regarde au fond des yeux, sur cette page, noir sur blanc.

Oliver la dévisage. Il se demande ce qui se passe. Ça se voit sur sa tête. Alors, elle lit les mots à haute voix en suivant du doigt cette ligne sans doute tracée par son père :

— « Vaut-il mieux avoir eu quelque chose de beau et l'avoir perdu, ou ne jamais l'avoir eu ? »

Lorsqu'elle relève les yeux, leurs regards se croisent une fraction de seconde avant de se détourner à nouveau. Au-dessus d'eux, les canards dansent sur l'écran, pataugeant sur le bord de la mare, leur gentil petit monde, et Hadley baisse la tête pour relire la phrase, pour elle-même cette fois. Et puis, elle referme le bouquin d'un claquement sec et le fourre brusquement dans son sac.

6

New York : 12 h 43
Londres : 05 h 43

Hadley en plein sommeil : abandonnée, ballottée par ses rêves. Dans les lointains recoins de son esprit – qui carbure à fond, alors qu'avec la fatigue le reste est carrément HS –, elle est sur un autre vol, celui qu'elle a raté, trois heures plus tôt, assise à côté d'un cinquantenaire agité de la moustache, bourré de tics, qui se fraie un chemin à grands coups d'éternuements et de soubresauts à travers l'Atlantique, sans jamais lui décrocher un mot, alors même qu'elle sent le stress monter, monter, la main plaquée contre le hublot derrière lequel, il n'y a rien, mais alors rien de chez rien de rien.

Elle ouvre les yeux, parfaitement réveillée tout à coup, pour découvrir Oliver à quelques centimètres d'elle, attentif et muet, une expression indéchiffrable

sur le visage. Elle a un spasme de stupeur, la main crispée sur le cœur. Avant de se rendre compte qu'elle a la
tête sur son épaule.

Elle s'écarte aussitôt.

— Oh pardon !

L'avion est pratiquement plongé dans l'obscurité, à
présent, et tout le monde dort apparemment. Même
les écrans de télé sont redevenus noirs. Elle a le poignet tout ankylosé. Elle retire sa main, restée trop longtemps coincée entre eux, et louche sur sa montre…
encore à l'heure de New York : vachement pratique !
Elle se recoiffe vaguement et lorgne en douce vers la
chemise d'Oliver. Ouf ! elle ne lui a pas bavé dessus !

C'est alors qu'il lui tend une serviette.

— Pour quoi faire ? s'alarme-t-elle.

Il désigne la serviette du menton, et, quand elle la
regarde à nouveau, elle s'aperçoit qu'il a dessiné un
des canards du film dessus.

— C'est ton moyen d'expression habituel ? Croquis au crayon sur serviette en papier ?

Il sourit.

— J'ai ajouté la casquette de base-ball et les
runnings pour faire plus yankee.

— Quelle délicatesse ! Sauf que, nous, on appelle
ça des baskets, lui rétorque-t-elle, la fin de sa phrase
à moitié avalée par un bâillement. (Elle fourre la serviette dans son sac, juste sur le dessus.) Tu ne dors
jamais en avion ?

Il hausse les épaules.

— Normalement si.

— Mais pas ce soir ?

Il secoue la tête.

— Il semblerait que non.

— C'est ma faute. Désolée.

Il balaie ses excuses de la main.

— Tu avais l'air sereine.

— L'air seulement alors ! En même temps, il vaut sans doute mieux que j'aie à moitié dormi maintenant plutôt que de piquer du nez, demain, pendant la cérémonie.

— Aujourd'hui, tu veux dire, la reprend-il en consultant sa montre.

— C'est ça, maugrée-t-elle avec une grimace. Je suis demoiselle d'honneur.

— C'est sympa.

— Pas si je rate la cérémonie.

— Eh bien, il restera toujours la réception.

— Oh ! c'est sûr, raille-t-elle, en bâillant de plus belle. J'ai hâte de me retrouver assise toute seule comme une âme en peine à regarder mon père danser avec une bonne femme que je ne connais même pas.

— Tu ne l'as jamais vue ? s'étonne Oliver, sa phrase montant vers la fin, tirée vers les aigus par son accent *so British*.

— Nan.

— Wouoh ! J'en déduis que vous n'êtes pas très proches ?

— Mon père et moi ? On l'a été.

— Et ?

— Et puis ton maudit pays l'a avalé tout entier.

Oliver a un petit rire incertain.

— Il est parti pour enseigner un semestre à Oxford, lui explique-t-elle. Il n'est jamais revenu.

— Et c'était quand ?

— Ça fait presque deux ans.

— Et c'est là qu'il a rencontré cette femme ?

— Bingo !

Il secoue la tête.

— C'est moche.

— Han-han.

« Moche ». Le mot est faible pour exprimer l'horreur que ç'avait été. Que *c'est*. Bien qu'elle ait raconté cette histoire, et dans sa version longue, un bon millier de fois à un bon millier de gens, elle a l'impression qu'Oliver pourrait bien être le seul capable de la comprendre. Ça a quelque chose à voir avec la façon dont il la regarde. Ce regard-là plonge direct en elle et lui va droit au cœur.

Elle sait que ce n'est pas vrai, pourtant, que cette sensation de proximité n'est qu'illusoire, juste l'effet de cette trompeuse intimité que procure un avion plongé dans le silence et l'obscurité. Mais elle s'en fiche. L'important, c'est que, pour le moment du moins, ça a l'air vrai.

— Ça a dû te secouer, compatit-il. Et ta mère aussi.

— Oui. Au début, elle ne quittait pratiquement pas son lit. Mais je crois qu'elle s'en est remise plus vite que moi.

— Comment ça? Comment peut-on se remettre d'un truc pareil?

— Franchement, je sais pas. Elle pense vraiment que c'est mieux pour eux. Pour elle comme pour lui. Que ça devait finir comme ça. Elle a rencontré quelqu'un d'autre; il a rencontré quelqu'un d'autre, et ils sont tous les deux plus heureux. Il n'y a que moi qui ne saute pas au plafond dans tout ça. Surtout à l'idée de rencontrer sa nouvelle à lui.

— Même si elle n'est plus si nouvelle que ça.

— *Surtout* parce qu'elle n'est plus si nouvelle que ça. C'est encore plus gênant. Ça rend le truc dix fois plus dramatique, et, s'il y a quelque chose que je veux éviter, c'est bien ça. Je n'arrête pas de m'imaginer en train de faire mon entrée à la réception, avec tout le monde qui me regarde. La pauvre fille du marié qui refuse de rencontrer la nouvelle belle-mère. (Elle fronce le nez.) Belle-mère. Argh!

— Moi je trouve ça courageux de ta part.

— Quoi?

— D'y aller. De faire face et d'accepter la situation. De tourner la page. C'est courageux de ta part.

— Ce n'est vraiment pas l'effet que ça me fait.

— C'est parce que tu es encore dedans. Mais ça changera, tu verras.

Elle le dévisage longuement.

— Et toi?

— Quoi moi?

— Eh bien, je suppose que tu es loin d'appréhender ton mariage comme moi le mien.

— N'en sois pas si sûre…

Il s'était insensiblement rapproché d'elle, tourné tout entier dans sa direction. Mais le voilà qui reprend ses distances, tout à coup. Oh ! à peine. Assez cependant pour qu'elle s'en aperçoive.

Comme il se penche en arrière, elle se penche en avant. À croire qu'ils sont unis par quelque invisible aimant. Ce n'est pas comme si le mariage de son père était, pour elle, un sujet des plus réjouissants. Mais bon, elle lui en avait parlé quand même pourtant, non ?

— Alors, tu vas profiter d'être à Londres pour voir tes parents ?

Il hoche la tête.

— C'est cool. Vous êtes très proches ?

Il ouvre la bouche, mais la referme quand le chariot des rafraîchissements remonte le couloir dans un cliquetis sonore de canettes et de bouteilles. L'hôtesse vient juste de dépasser leur rangée quand elle appuie du pied sur le frein, avant de leur tourner le dos pour commencer à prendre les commandes.

Ça se passe en un éclair, si vite qu'Hadley a tout juste le temps de voir le coup se faire : Oliver fouille dans la poche de son jean pour en sortir une pièce que, du pouce, il balance dans le couloir. Et puis il se penche par-dessus la vieille dame endormie pour la ramasser de la main gauche pendant qu'il plonge la droite dans le chariot et la ressort avec deux mignonnettes de Jack Daniel's dans le poing. Il les fourre dans sa poche avec la pièce, alors que déjà l'hôtesse se retourne vers eux.

— Puis-je vous servir quelque chose ? leur demande-t-elle, balayant du regard le visage figé d'Hadley, les joues écarlates d'Oliver et la vieille dame qui ronfle toujours gaillardement en bout de rang.

— C'est bon pour moi, parvient à articuler Hadley.

— Pour moi aussi, répond à son tour Oliver. Merci quand même.

Quand l'hôtesse est repartie avec son chariot et le danger écarté, Hadley le dévisage bouche bée. Il sort les bouteilles miniatures de sa poche et lui en tend une, avant de dévisser le bouchon de la sienne avec un haussement d'épaules fataliste.

— Désolé, dit-il. J'ai juste estimé que, si on devait vraiment parler parents et souvenirs de famille, une petite dose de whisky s'imposait.

Elle cligne des yeux en regardant la mignonnette qu'il tient à la main.

— Tu as l'intention de payer ça à la sueur de ton front ?

Oliver se fend d'un sourire.

— Dix ans de travaux forcés ?

— Je te voyais plutôt faire la plonge ou un truc de ce genre, plaisante-t-elle, en lui rendant sa bouteille. Ou peut-être jouer les porteurs ?

— Je présume que je vais y avoir droit de toute façon – au portage des bagages, j'entends. Ne t'inquiète pas : je vais laisser un billet sur mon siège en partant. C'est juste que je ne voulais pas d'histoire, même si j'ai dix-huit ans et qu'on est désormais plus près de Londres que de New York. Tu aimes ça, le whisky ?

Elle secoue la tête.

— Tu y as déjà goûté au moins ?

— Non.

— Eh bien, essaie, lui propose-t-il, en lui tendant une nouvelle fois la mignonnette. Juste une gorgée.

Elle dévisse le bouchon et porte le goulot à ses lèvres. Rien que de sentir l'odeur – âcre, âpre, bien trop forte –, elle fait la grimace. Le liquide lui brûle la gorge tout du long et elle tousse, les yeux pleins de larmes, avant de reboucher la bouteille pour la lui redonner.

— C'est comme boire du feu, commente-t-elle, en grimaçant de plus belle. C'est carrément horrible.

Oliver se marre en vidant la sienne d'un trait.

Elle ne désarme pas :

— Bon, maintenant que tu as eu ton fortifiant, on va peut-être pouvoir parler de ta famille ?

— Pourquoi ? Ça t'intéresse tant que ça ?

— Pourquoi pas ?

Il soupire – ça ressemble presque à un grognement.

— Voyons…, se lance-t-il finalement. J'ai trois grands frères…

— Ils vivent encore en Angleterre ?

— C'est ça. J'ai trois grands frères qui vivent encore en Angleterre, répète-t-il mot pour mot, en dévissant le bouchon de la deuxième bouteille de whisky. Quoi d'autre ? Mon père n'a pas été ravi quand j'ai préféré Yale à Oxford, mais ma mère était super contente parce qu'elle aussi, elle est allée à la fac aux États-Unis.

— C'est pour ça qu'il ne t'a pas accompagné à la rentrée ?

Oliver tourne vers elle un regard douloureux – il est clair qu'il donnerait n'importe quoi pour être ailleurs – et engloutit le reste de whisky.

— Tu en poses des questions !

— Je t'ai raconté que mon père avait quitté ma mère pour une autre et que je ne l'ai pas revu depuis un an. Alors, s'il te plaît, question drame familial, tu m'avoueras qu'on peut difficilement faire pire.

— Tu ne m'avais pas dit ça. Que tu ne l'as pas vu depuis si longtemps. Je croyais que c'était juste *elle* que tu n'avais pas vue.

Au tour d'Hadley de s'agiter sur son siège maintenant.

— On se parle au téléphone. Mais je lui en veux toujours. Trop pour le voir.

— Et est-ce qu'il le sait ?

— Que je lui en veux ?

Oliver opine du bonnet.

— Évidemment. (Elle incline la tête vers lui.) Mais ce n'est pas de moi qu'on est censés parler, là, je te signale.

— C'est juste que je trouve ça fascinant. Que tu en parles si ouvertement, j'entends. Tout le monde est toujours remonté contre quelque chose, dans ma famille. Mais personne ne dit jamais rien.

— Peut-être que ça vous ferait du bien.

— Peut-être…

Hadley se rend alors compte qu'ils chuchotent, penchés l'un vers l'autre, unis dans l'ombre projetée par la lampe de lecture du monsieur devant. C'est presque comme s'ils étaient seuls au monde. Après tout, ils pourraient être n'importe où, sur un banc, dans un parc, ou dans un restaurant, des kilomètres plus bas, avec les pieds fermement ancrés au sol. Elle est si près qu'elle peut voir la petite cicatrice qu'il a au-dessus de l'œil, la barbe naissante qui bleuit sa mâchoire, la longueur incroyable de ses cils. Elle s'écarte machinalement et il la dévisage, surpris par ce brusque mouvement.

— Désolé, s'excuse-t-il, en se redressant et en retirant sa main de l'accoudoir. J'oublie que ça te rend claustrophobe. Ça doit être un calvaire pour toi.

— Non. Ce n'est pas si terrible que ça, en fait.

Il désigne du menton le store toujours baissé.

— Je persiste à croire que ça aiderait si tu pouvais voir dehors. Même moi, je me sens à l'étroit, là-dedans, sans fenêtres.

— C'est un truc de mon père. La première fois que ça m'est arrivé, il m'a dit d'imaginer le ciel. Mais ça ne marche que si le ciel est *au-dessus* de toi.

— Eh bien oui, c'est logique.

Ils s'abîment subitement dans la contemplation de leurs mains, tandis que, peu à peu, le silence s'installe entre eux.

— Avant, j'avais peur du noir, lâche Oliver au bout d'un moment. Et pas seulement quand j'étais petit. Ça a duré jusqu'à ce que j'aie pratiquement onze ans.

Elle lui jette un coup d'œil incertain. Elle ne sait pas trop quoi dire. Elle lui trouve un visage plus enfantin, tout à coup, moins anguleux, des yeux plus ronds. Elle éprouve soudain une brusque envie de lui prendre la main. Elle se retient.

— Mes frères me faisaient marcher, éteignant la lumière dès que j'entrais dans une pièce. Ils s'éclataient comme des petits fous avec ça. Ça les faisait hurler de rire. Quant à mon père, il détestait cette… « faiblesse ». Il n'avait absolument aucune compassion. Je me souviens que, quand j'allais me réfugier dans la chambre de mes parents au beau milieu de la nuit, il me disait de cesser de me comporter comme une fillette. Ou alors il me racontait des histoires de monstres cachés dans le placard, rien que pour me faire peur. Son seul conseil ? « Arrête de faire l'enfant ! » Un *must*, non ?

— Les parents n'ont pas toujours raison. On met parfois du temps à s'en rendre compte.

— Et puis il y a eu cette fameuse nuit, reprend Oliver. Je me suis réveillé et je l'ai vu en train de brancher une veilleuse à côté de mon lit. Je suis sûr qu'il me croyait endormi, sinon jamais il ne se serait laissé surprendre. Mais je n'ai rien dit. Je l'ai juste regardé brancher la petite lampe et l'allumer. Ça faisait un joli halo bleu dans le noir.

Elle sourit.

— Il était revenu à de meilleurs sentiments alors.

— À sa façon, oui, j'imagine. Mais quand même, je veux dire, il avait bien dû l'acheter plus tôt dans la journée, cette lampe, non ? Il aurait pu me la donner en rentrant, ou la brancher avant que j'aille me coucher. Non, il a fallu qu'il le fasse quand personne ne pouvait le voir. (Il se tourne vers elle et elle est frappée par cette immense tristesse sur son visage.) Je ne sais pas vraiment pourquoi je t'ai raconté ça.

— Parce que je te l'ai demandé, lui répond-elle simplement.

Il prend une profonde inspiration. Son souffle est saccadé et il a les joues rouges. Devant elle, le siège du chauve en puissance s'agite, le temps qu'il rectifie la position de son oreiller de voyage sous sa nuque. Le silence qui règne dans la cabine n'est troublé que par le murmure de l'air conditionné, le léger bruit des pages que l'on tourne, les reniflements, les toussotements, l'agitation fébrile des passagers qui tentent d'endurer du mieux qu'ils peuvent ces dernières heures de vol. De temps à autre, des secousses signalent le passage de zones de turbulences. L'avion est ballotté comme un navire dans la tempête, et Hadley repense à sa mère, aux horreurs qu'elle lui a balancées là-bas, à New York. Son regard tombe sur son sac posé à ses pieds et, pour la énième fois, elle se prend à regretter qu'ils soient là, quelque part, perdus au-dessus de l'Atlantique, et qu'elle ne puisse pas la rappeler.

À côté d'elle, Oliver se frotte les yeux.

— J'ai une brillante idée, déclare-t-il. Et si on parlait de tout *sauf* de nos parents ?

Elle opine du bonnet avec conviction.

— Absolument.

Mais aucun d'eux n'ouvre la bouche. Une minute s'écoule, puis deux, et comme le silence entre eux s'épaissit, ils sont subitement pris de fou rire.

— J'ai bien peur qu'on ne finisse par parler de la pluie et du beau temps, si tu ne trouves rien de plus intéressant, soupire-t-il.

Hadley hausse les sourcils.

— *Moi ?*

Il hoche la tête.

— Toi.

— D'accord.

Mais elle n'a pas articulé le premier mot qu'elle a déjà envie de rentrer sous terre. Ça fait pourtant des heures, maintenant, que la question a commencé à germer dans son esprit. Elle n'a cessé de pousser comme une mauvaise herbe depuis, et la seule chose à faire pour s'en débarrasser, eh bien… c'est de la poser :

— Tu as une petite amie ?

Oliver reprend des couleurs, et le sourire qu'elle aperçoit, quand il baisse la tête, est insupportablement cryptique. C'est un sourire qui ne peut vouloir dire que deux choses, décrète-t-elle. Elle est en grande partie persuadée que c'est un sourire charitable pour qu'elle ne se sente pas trop mal, et d'avoir posé la question, et de se prendre la réponse qui se profile à l'horizon. Pourtant, quelque part, elle ne peut s'empêcher de s'interroger quand même : peut-être – juste peut-être – que c'est un truc encore plus gentil que ça, un truc chargé de complicité, un secret partagé qui vient sceller entre eux un accord tacite, l'aveu que quelque chose est en train de se passer, là, maintenant, et que ce pourrait bien être une espèce de commencement…

Au bout d'une éternité, il finit par secouer la tête.

— Non, pas de petite amie.

Quand elle entend ça, il lui semble qu'une sorte de porte s'ouvre devant elle. Cependant, à présent que la voie est libre, elle n'est pas très sûre de savoir si elle doit avancer.

— Comment ça se fait ?

Il hausse les épaules.

— J'imagine que je n'ai pas rencontré quelqu'un avec qui j'ai envie de passer cinquante-deux ans de ma vie.

— Il doit y avoir des millions de filles à Yale, pourtant.

— Plutôt cinq ou six mille, en fait.

— Mais quasi toutes américaines, hein ?

Oliver sourit.

— Mais j'aime bien les Américaines, moi, lui dit-il, en lui donnant un petit coup d'épaule. Même si je ne suis jamais sorti avec une seule.

— Ça n'entre pas dans le cadre de ta bourse de recherche ?

Il secoue la tête.

— Non, à moins que la fille ait une phobie de la mayo, ce qui, comme tu le sais, colle parfaitement avec mon sujet d'étude.

— C'est ça, se marre-t-elle. Bon, alors, est-ce que tu avais une copine au lycée ?

104

— Dans le secondaire, oui. Elle était sympa. Plutôt portée sur les jeux vidéo et les pizzas livrées à domicile, mais à part ça…

— Très drôle.

— Eh bien, je suppose que tout le monde ne peut pas connaître le grand amour dans sa prime jeunesse.

— Et alors ? Qu'est-ce qui lui est arrivé ?

Il renverse la tête contre son dossier.

— Ce qui s'est passé ? Ce qui se passe toujours, j'imagine. On a eu nos diplômes. Je suis parti. Chacun a suivi son chemin. Qu'est-ce qui est arrivé à Monsieur Pizza ?

— Il ne faisait pas que livrer des pizzas, tu sais.

— Des sandwichs aussi ?

Elle fait la grimace.

— C'est lui qui a cassé, en fait.

— Qu'est-ce qui s'est passé ?

— Le truc habituel, soupire-t-elle, en adoptant le ton de la fille qui prend ça avec philosophie. Il m'a vue parler avec un autre garçon à un match de basket. Ça l'a rendu jaloux. Il m'a larguée par e-mail.

— Ah ! Le grand amour dans ce qu'il a de plus tragique.

— Mouais, quelque chose comme ça, ironise-t-elle en se tournant vers lui, surprise de le trouver en train de la dévisager avec une telle intensité.

— C'est un crétin.

— C'est vrai. Avec le recul, il l'a toujours été plus ou moins.

— N'empêche.

Elle le remercie d'un sourire. C'était juste après leur rupture que Charlotte avait appelé – avec un sens de l'à-propos assez phénoménal – pour lui proposer, avec insistance, de venir accompagnée au mariage.

« Ce n'est pas donné à tout le monde d'avoir droit à une invitation pour deux, avait-elle souligné. Mais nous avons pensé que ce pourrait être plus amusant pour toi de venir avec quelqu'un que tu connais.

— Ça ira, avait-elle répondu. Je serai très bien toute seule.

— Non, vraiment, avait insisté Charlotte, passant complètement à côté de son ton consterné. Cela ne posera absolument aucun problème. De plus, avait-elle ajouté, en s'essayant au murmure complice, j'ai cru comprendre que tu avais un petit ami… »

En fait, Mitchell l'avait larguée trois jours plus tôt, et ce drame la poursuivait encore dans les couloirs du lycée avec la persistance d'un monstre invisible. C'était un sujet dont elle n'avait pas particulièrement envie de parler. À plus forte raison avec une future belle-mère qu'elle n'avait jamais vue.

« Vous avez mal compris, lui avait-elle répliqué. Je voyagerai en solo. »

Pour tout dire, même s'ils étaient encore sortis ensemble avec Mitchell, le mariage de son père était bien le dernier endroit où elle aurait eu envie de le traîner. Devoir déjà supporter de passer une soirée, affublée d'un cauchemar de robe de demoiselle d'honneur, à regarder une colo d'adultes chanter *Y.M.C.A.*, en exécutant la choré, serait déjà assez dur comme ça, sans avoir, en plus, à endurer ce supplice en galante compagnie. Ça n'aurait fait que lui coller la honte puissance deux. Sans compter la probabilité – très élevée – de circonstances aggravantes : son père et Charlotte s'embrassant dans un cliquetis de verres entrechoqués, s'enfournant mutuellement de la pièce montée dans le bec et rivalisant de discours plus-cucul-tu-meurs.

Elle se souvenait maintenant que, quand Charlotte lui avait fait cette proposition, quelques mois auparavant, elle s'était dit qu'il n'y avait personne au monde qu'elle haïssait assez pour lui faire endurer un truc pareil. Mais, là, en regardant Oliver, elle se demande si elle ne s'est pas trompée. Elle se demande si ce n'était pas plutôt qu'il n'y avait personne au monde qu'elle aimait assez, avec qui elle se serait sentie si à l'aise qu'elle l'aurait autorisé à être témoin de cet événement tant redouté, sans doute censé marquer sa vie d'une pierre blanche – mal équarrie, alors, la pierre blanche. Soudain, elle se prend à imaginer Oliver en smoking, s'encadrant dans la porte d'une salle de réception. Aussi ridicule qu'elle soit – ce n'est même pas un mariage habillé –, cette idée la trouble plus qu'elle ne le voudrait. Elle a du mal à avaler sa salive et cligne des yeux pour chasser cette perturbante pensée.

À sa droite, Oliver jette un coup d'œil à la vieille dame, qui dort toujours en laissant échapper de petits ronflements irréguliers, la bouche agitée de tics spasmodiques.

— Il faut que j'aille au petit coin, en fait, lui avoue-t-il.

Elle hoche la tête.

— Moi aussi. On doit bien pouvoir réussir à se serrer assez pour passer sans la réveiller.

Il détache sa ceinture, se lève à moitié d'un mouvement brusque et se cogne dans le siège de devant – ce qui lui vaut un regard mauvais de son occupante. Hadley admire sa performance de contorsionniste quand il essaie de se faufiler devant la vieille dame sans la déranger. Lorsqu'ils sont tous les deux parvenus à s'extraire de leur rangée, elle le suit dans le couloir vers l'arrière de l'avion. Assise sur un strapontin, une hôtesse, qui a l'air de s'ennuyer à mourir, lève les yeux de son magazine sur leur passage.

Le voyant « OCCUPIED » est allumé au-dessus des deux portes des toilettes. Hadley et Oliver patientent donc dans l'étroit espace juste devant. Ils sont si près qu'elle peut percevoir l'odeur de sa chemise – lessive – et celle de son haleine – whisky ; pas proches au point de se toucher à proprement parler, mais elle peut sentir les poils de ses bras la chatouiller. La voilà de nouveau saisie d'une irrésistible envie de lui prendre la main.

Comme elle lève légèrement les yeux vers lui, elle s'aperçoit qu'il la regarde avec cette même expression qu'elle avait surprise sur son visage un peu plus tôt, quand elle s'était brusquement réveillée, la tête sur son épaule. Et puis ils restent là, à se regarder dans le noir, avec la vibration des moteurs qui ronronnent sous leurs pieds. Pas un mot échangé, pas un geste. Il lui vient alors dans l'idée – mais non, c'est peu probable, carrément impossible même – qu'il pourrait bien être sur le point de l'embrasser. Alors, elle se rapproche oh ! à peine, juste un tout-tout petit peu. Son cœur fait le grand huit dans sa poitrine. Leurs mains se frôlent et c'est comme si elle recevait une décharge électrique qui lui remonte direct la colonne vertébrale. À son grand étonnement, Oliver ne recule pas. Bien au contraire, il glisse sa main entre les siennes comme pour qu'elle s'y accroche, et puis il tire doucement, l'attirant à lui.

C'est presque comme s'ils étaient seuls au monde – plus de commandant de bord ni d'équipage, plus de rangées de passagers assoupis. Elle respire un grand coup et soulève légèrement le menton. C'est alors que la porte des W.-C. s'ouvre à la volée, les inondant soudain dans un flot de lumière trop crue, et qu'un petit garçon en sort, traînant derrière lui un long ruban de papier toilette coincé dans un de ses souliers rouges.

En un clin d'œil, le charme est rompu.

7

New York : 04 h 02
Londres : 09 h 02

Hadley se réveille en sursaut. L'avion est toujours plongé dans la pénombre, mais le jour dessine déjà le pourtour des hublots et, tout autour d'eux, les gens commencent à s'agiter, bâillant, s'étirant et faisant passer des plateaux d'œufs au bacon caoutchouteux pour les rendre à des hôtesses incroyablement fraîches et pimpantes dans leur uniforme qui semble sortir tout droit du pressing.

Cette fois, c'est Oliver qui a la tête sur son épaule. Du coup, elle n'ose plus bouger. Mais, alors même qu'elle essaie de rester parfaitement immobile, une sorte de tressaillement lui secoue le bras et Oliver se redresse d'un bond, aussi brusquement que s'il avait reçu une décharge électrique.

— Pardon, disent-ils en chœur.

— Pardon, répète-t-elle.

Oliver se frotte les yeux comme un enfant qui chasse un mauvais rêve. Puis il la regarde en papillotant, avec juste cette petite insistance… Elle s'efforce de ne pas le prendre pour elle, mais elle se doute bien qu'elle a une sale tête. Déjà, lorsqu'elle s'était retrouvée dans les minuscules toilettes, plantée devant un miroir encore plus microscopique, elle avait été horrifiée de voir sa pâleur et ses paupières toutes gonflées par l'air confiné et l'altitude.

Elle s'était alors demandé comment Oliver pouvait lui prêter la moindre attention. Non pas qu'elle soit le genre de fille à constamment vérifier sa coiffure ou son maquillage. Pas vraiment, non. Elle n'était pas du style à rester des heures devant la glace non plus. Mais elle était assez menue, assez blonde et assez mignonne pour ne pas passer trop inaperçue au lycée – enfin, auprès des garçons de *son* lycée, en tout cas. N'empêche que son reflet avait déjà eu de quoi l'alarmer. Et encore ! c'était *avant* qu'elle ait piqué pour la deuxième fois du nez. Elle préfère ne pas imaginer à quoi elle ressemble, maintenant. Elle a mal partout et elle a les yeux irrités. Il y a une tache de soda sur son sweat et elle n'ose pas se toucher les cheveux de peur de découvrir le désastre.

Oliver a l'air différent, lui aussi. Ça fait un drôle d'effet de le voir à la lumière du jour, un peu comme de passer en HD. Il semble toujours à moitié endormi et il a une balafre rouge qui va du menton à la tempe, là où sa joue s'est appuyée contre son sweat. Mais c'est plus que ça. Il est pâle et il a les yeux rouges, l'air fatigué, vidé, et comme très-très loin.

Il se cambre pour s'étirer et louche sur sa montre.

— On y est presque.

Elle hoche la tête, soulagée qu'ils soient à l'heure – même si, intérieurement, elle aurait bien aimé avoir plus de temps. Malgré tout – le manque de place, les sièges trop étroits, les odeurs qui n'ont cessé de circuler le long de la cabine pendant des heures –, elle ne se sent pas vraiment prête à quitter cet avion où, absorbée par la conversation, il lui a été si facile de se perdre, de tout oublier : tout ce qu'elle a laissé derrière elle et tout ce qui l'attend.

Le monsieur de devant relève brusquement son store et une lumière d'une blancheur aveuglante déferle sur eux, chassant le peu de magie de la nuit qui restait. Maintenant que le charme est officiellement rompu, Hadley se penche pour entrouvrir le sien. Dehors, le ciel est d'un bleu étincelant, strié de nuages blancs comme des couches de chantilly sur un gâteau. Après toutes ces heures pratiquement plongée dans l'obscurité, ça fait presque mal de regarder.

Il est seulement 4 heures du matin à New York et, quand la voix du commandant de bord s'élève dans le haut-parleur, elle paraît beaucoup trop joviale pour un réveil si matinal.

— Bien. Mesdames et messieurs, nous amorçons notre descente sur Heathrow. Le temps n'a pas l'air trop mauvais en bas : il fait 22 °C à Londres avec de belles éclaircies, mais des risques d'ondées en fin de journée. Nous allons atterrir dans un peu moins de vingt minutes. Vous êtes donc priés d'attacher vos ceintures. Ce fut un plaisir de voler en votre compagnie et nous vous souhaitons un agréable séjour.

Elle se tourne vers Oliver.

— Ça fait combien en Fahrenheit ?

— Chaud.

Elle a subitement très chaud, elle aussi. Trop. Peut-être que c'est la météo, ou le soleil qui tape sur le hublot, ou peut-être juste la proximité de ce garçon, avec ses joues rouges et sa chemise toute froissée. Elle étire le bras pour atteindre la bouche d'aération sur le panneau au-dessus d'elle et la tourne à fond, fermant les yeux quand le petit jet d'air frais jaillit enfin.

— Bon, dit-il, en faisant craquer ses doigts un à un.

— Bon.

Ils s'observent du coin de l'œil. Quelque chose dans cette expression qu'il a sur le visage – une incertitude qui reflète la sienne – lui donne envie de pleurer. Qu'est-ce qui a changé entre hier soir et ce matin ? Pas grand-chose, en fait, juste la nuit qui pâlit. Tout paraît affreusement différent pourtant. Elle repense à cet instant, quand ils attendaient côte à côte à l'arrière de l'avion. Ils avaient alors semblé à deux doigts de… de quelque chose… de *tout*. Comme si, parce qu'ils s'étaient blottis l'un contre l'autre dans le noir, le monde ne serait plus jamais le même. Et les voilà maintenant comme deux étrangers qui se font des politesses. C'est à se demander si elle n'avait pas rêvé.

Si seulement ils pouvaient revenir en arrière, rebrousser chemin, faire le tour de la terre à l'envers pour rattraper la nuit, cette nuit magique qu'ils ont laissée derrière eux !

— Tu crois que… (Les mots ont du mal à sortir.) Tu crois qu'on a déjà épuisé nos sujets de conversation ?

— Impossible.

La façon dont il lui répond – le petit sourire à la commissure de ses lèvres, la chaleur de sa voix – lui dénoue l'estomac.

— On n'a même pas encore abordé l'essentiel, renchérit-il.

— Genre ? lui demande-t-elle, en tâchant de ne rien montrer du soulagement qu'elle ressent. Ce qu'il y a de si génial chez Dickens ?

— Pas du tout. Genre la détresse des koalas, plutôt. Ou le fait que Venise est en train de couler.

Il marque un temps, qu'elle prenne bien conscience de cette horreur. Et, comme elle ne réagit pas, il se frappe le genou pour enfoncer le clou.

— Venise ! Qui coule ! La ville entière ! Non mais, tu te rends compte ?

Elle fronce les sourcils, feignant l'inquiétude.

— C'est vrai que ça a l'air grave.

— Ça l'est, insiste Oliver. Et ne me branche surtout pas sur la quantité de l'empreinte carbone qu'on vient de laisser avec ce voyage. Ni sur la différence entre crocodiles et alligators. Et encore moins sur le temps de vol record du poulet.

— Non, ne me dis pas que tu sais ça !

— Treize secondes, affirme-t-il, en se penchant en avant pour regarder par le hublot. C'est une catastrophe nationale. On est presque à Heathrow et on n'a même pas discuté sérieusement du vol du poulet. (Il pointe un index doctoral vers la vitre.) Et tu vois ces nuages ?

— Difficile de les rater.

L'avion poursuit sa descente et la grisaille colle aux hublots, les plongeant pratiquement dans le brouillard.

— Ce sont des cumulus. Tu savais ça ?

— Je le devrais, je n'en doute pas.

— Ce sont les meilleurs.

— Comment ça ?

— Parce qu'ils ressemblent exactement à ce à quoi des nuages doivent ressembler, des nuages comme ceux qu'on dessine quand on est petit. C'est quand même sympa, non ? Je veux dire, le soleil ne ressemble jamais à l'idée qu'on s'en fait.

— Une espèce de roue avec des rayons ?

— Tout juste. Et ma famille n'a assurément jamais ressemblé à celle que je dessinais quand j'étais petit.

— Des bonshommes allumettes ?

— Oh ! je t'en prie ! Un peu de respect. Ils avaient des pieds et des mains, les miens.

— Qui ressemblaient à des moufles ?

— N'empêche, c'est quand même sympa, non ? Quand tu as un truc qui colle pile comme ça ? (Il

hoche la tête avec un sourire satisfait.) Les cumulus :
les meilleurs nuages qui soient.

Elle hausse les épaules.

— Je crois que je ne me suis jamais vraiment penchée sur le sujet.

— Eh bien, tu vois ! On a encore des tas de choses
à se dire. On vient à peine de commencer.

Derrière le hublot, les nuages passent du sol au plafond et l'avion se glisse gentiment dans le ciel argenté
en dessous. Hadley éprouve un soulagement pour le
moins irrationnel en apercevant le sol – bien trop loin
encore pour ressembler à quelque chose. C'est juste
un patchwork de champs et de vagues constructions
informes traversés par le fil gris de routes qu'on peut
à peine deviner.

Oliver bâille et laisse retomber sa tête contre son
dossier.

— On aurait peut-être dû dormir un peu plus,
soupire-t-il. Je suis harassé.

Elle lui adresse un regard inexpressif.

— Je suis nase, traduit-il, en parlant du nez et en
montant d'une octave pour prendre l'accent américain – quoique ça fasse plutôt vaguement texan.

— J'ai l'impression de m'être embarquée pour une
sorte de cours de langue étrangère en immersion.

— Apprenez à parler l'anglais d'Oxford en sept
heures ! déclare Oliver, en prenant sa plus belle voix
de bonimenteur. Comment tu aurais pu rater une
réclame pareille ?

— Une pub, le reprend-elle, en levant les yeux au ciel. Comment tu aurais pu rater une *pub* pareille ?

Oliver se marre.

— Tu vois les progrès que tu as déjà faits ?

Ils ont complètement oublié la vieille dame. Elle dort à côté d'eux depuis si longtemps que c'est finalement la soudaine interruption de ce petit ronflement en fond sonore qui les alerte. Ils se tournent vers elle d'un même mouvement.

— J'ai raté quelque chose ? demande-t-elle, en attrapant son sac pour en sortir précautionneusement ses lunettes, une bouteille de collyre et la petite boîte de bonbons à la menthe de rigueur.

— On est presque arrivés, lui répond Hadley. Mais vous avez eu de la chance de réussir à dormir. Le vol a été loooong.

— Très long, renchérit Oliver. (Bien qu'il ne la regarde pas, elle perçoit un sourire dans sa voix.) Une *éternité*.

La vieille dame se fige, laissant ses lunettes se balancer entre son pouce et son index, pour leur adresser un sourire radieux.

— Je vous l'avais bien dit, se contente-t-elle de commenter, avant de se replonger dans son inventaire.

Ayant parfaitement compris ce qu'elle entend par là, Hadley évite soigneusement le regard inquisiteur d'Oliver et se met à observer le personnel de bord qui accomplit une dernière ronde pour rappeler aux passagers de redresser leur siège, d'attacher leur ceinture et de ranger leurs sacs.

— On va même avoir quelques minutes d'avance, apparemment, constate Oliver. Donc, si tant est que la douane ne soit pas un vrai cauchemar, tu as une chance d'arriver à temps. Où se passe le mariage ?

Hadley se penche et ressort le Dickens de son sac pour en extraire le faire-part glissé vers la fin du bouquin, là où elle l'a rangé par sécurité.

— Au Kensington Arms Hotel. Ça a l'air classe.

Oliver jette un coup d'œil aux quelques lignes élégamment calligraphiées sur l'invitation crème.

— C'est la réception, ça, lui fait-il remarquer, avant de pointer le doigt juste au-dessus. La cérémonie est célébrée à Saint-Barnabas.

— C'est loin ?

— D'Heathrow ? (Il hoche la tête.) Pas tout près. Mais rien n'est vraiment près d'Heathrow. Tu devrais t'en sortir si tu ne traînes pas trop.

— Et le tien, il est où ?

Il crispe les mâchoires.

— Paddington.

— C'est où ça ?

— Près de l'endroit où j'ai grandi. Dans l'ouest de Londres.

— C'est cool, alors.

Mais Oliver ne sourit pas.

— C'est l'église où on allait quand on était petits. Ça fait des siècles que je n'y ai pas remis les pieds. Je

119

me faisais toujours chauffer les oreilles parce que je grimpais sur la statue de la Vierge juste devant.

— Cool, répète-t-elle, en remettant l'invitation dans le bouquin qu'elle referme d'un claquement si sec qu'Oliver tressaille.

Il la regarde fourrer le livre dans son sac.

— Est-ce que tu vas le lui rendre, finalement ?

— Je sais pas, admet-elle. Sans doute.

Il prend le temps de méditer cette réponse.

— Tu vas attendre la fin du mariage au moins ?

Elle n'en avait pas eu l'intention. À vrai dire, elle s'était imaginée marchant droit sur lui, juste avant la cérémonie, pour le lui coller triomphalement dans les mains : l'acte de rébellion suprême. C'était le seul truc qu'il lui avait donné depuis qu'il était parti. Vraiment donné. Pas un cadeau d'anniversaire ou de Noël envoyé par la poste, non. Qu'il lui avait remis en mains propres. Et il y avait quelque chose de jouissif dans l'idée de le lui rendre. Retour à l'envoyeur. Ils l'avaient obligée à assister à ce stupide mariage ? Eh bien, elle allait le faire à sa manière.

Mais Oliver la dévisage avec une telle gravité… Et puis comment ne pas se sentir mal à l'aise – ne serait-ce qu'un minimum – quand on vous lance un regard si débordant d'espoir ? Sa voix déraille quand elle lui répond :

— Je vais réfléchir à la question. (Et puis elle ajoute :) Je ne serai peut-être même pas là-bas à temps, de toute façon.

Ils se retournent en chœur vers le hublot pour juger de leur progression et Hadley refoule un accès de panique. Pas tant à cause de l'atterrissage proprement dit qu'à cause de tout ce qui commence et finit avec lui. Derrière le Plexiglas, la terre fond sur eux, donnant soudain forme aux innombrables petites taches floues en dessous : les églises, les clôtures, les fast-foods, jusqu'aux moutons dispersés dans un champ isolé. Elle voit tout ça approcher à vitesse grand V, la main crispée sur sa ceinture, se préparant au pire, comme si arriver revenait à se crasher.

Les roues heurtent le sol avec un effet de rebond, une fois, deux fois, avant que la violence de l'atterrissage ne les cloue au tarmac avec un terrible boucan de vent, de moteurs hurlants et un tel élan qu'Hadley en vient à se demander s'ils vont pouvoir s'arrêter. Mais ils s'arrêtent, bien sûr qu'ils s'arrêtent, et tout redevient calme. Après avoir voyagé à plus de mille cinq cents kilomètres à l'heure pendant près de sept heures, les voilà qui commencent à ramper vers le terminal avec une lenteur d'escargot.

Leur piste s'élargit pour se joindre à d'autres comme dans un labyrinthe géant jusqu'à ce qu'elles se fondent en un seul et même tablier d'asphalte qui s'étend à perte de vue, seulement interrompu par les tours de contrôle, les rangées d'avions et le gigantesque terminal qui étale son imposante masse sombre sous le ciel plombé. *Alors, c'est ça, Londres*, songe-t-elle. Elle tourne toujours le dos à Oliver, mais elle se sent comme scotchée au hublot par quelque force invisible, incapable qu'elle est, sans trop savoir pourquoi, de se retourner et de lui faire face.

Comme ils s'immobilisent devant leur porte, elle peut voir la passerelle s'étirer à leur rencontre. Et puis l'appareil se gare tout en douceur, prenant parfaitement sa place pour s'accrocher avec une petite secousse. Mais, même quand ils sont fermement ancrés au terminal, même quand les moteurs sont coupés et que les signaux lumineux des ceintures de sécurité s'éteignent avec un petit « ding ! », Hadley ne bouge pas. Un bourdonnement s'élève derrière elle, alors que les passagers se lèvent pour récupérer leurs bagages. Oliver attend un moment avant de lui toucher le bras. Elle pivote d'un bloc.

— Prête ? lui demande-t-il.

Elle secoue à peine la tête, mais c'est assez pour le faire sourire.

— Moi non plus, avoue-t-il, en se redressant pourtant.

Juste quand c'est à leur tour de quitter leur rangée pour s'aligner dans la queue, Oliver plonge la main dans sa poche et en sort un billet. Il le pose sur le siège qu'il a occupé, où le rectangle de papier gris-mauve gît mollement, comme perdu au milieu de tous ces motifs qui surchargent le tissu.

— C'est pour quoi faire, ça ? l'interroge-t-elle.

— Pour le whisky, tu te rappelles ?

— Ah oui ! (Elle plisse les yeux pour examiner le billet de plus près.) Tu ne vas pas me dire que ça valait vingt livres tout de même !

Il hausse les épaules.

— Majoration pour vol caractérisé.

— Et si quelqu'un le prend ?

Oliver se penche pour se saisir des deux extrémités de la ceinture qu'il attache sur le billet comme pour le border.

— Là, fait-il, en se redressant pour admirer son œuvre. On n'est jamais trop prudent.

Devant eux, la vieille dame exécute quelques petits pas de souris dans le couloir avant de s'arrêter pour lever les yeux vers les compartiments à bagages. Oliver se précipite à son secours, ignorant la file de gens qui patientent pendant qu'il descend la valise toute cabossée de sa vénérable voisine et attend bien gentiment qu'elle ait repris ses esprits.

— Merci, lui dit-elle, rayonnante. Vous êtes vraiment un charmant garçon. (Elle s'apprête à partir, puis semble hésiter, comme si elle avait oublié quelque chose, et lance un dernier regard derrière elle.) Vous me faites penser à mon cher mari, ajoute-t-elle, s'attirant les protestations muettes d'Oliver qui secoue la tête.

Mais la vieille dame a déjà commencé à se retourner, exécutant toute une série de piétinements infinitésimaux, comme une trotteuse sur son cadran, pour s'orienter dans la bonne direction et, de sa démarche traînante, entreprendre la lente remontée du couloir. Ils la suivent tous deux du regard.

— C'était un compliment, j'espère, commente Oliver, d'un air un peu dépité.

— Ils sont restés mariés cinquante-deux ans, lui fait observer Hadley.

Il lui balance un coup d'œil en coin pendant qu'elle récupère sa valise.

— Il m'avait semblé t'entendre dire que tu ne croyais pas au mariage.

— C'est vrai, s'obstine-t-elle, en se dirigeant vers la sortie.

Quand il la rattrape dans la passerelle, aucun des deux ne parle. Mais elle le sent, ce truc qui leur fonce dessus comme un train de mine pour les entraîner vers le fond : le moment de la séparation. Et, pour la première fois depuis ce qui lui paraît une éternité, elle est tout intimidée. À côté d'elle, Oliver se dévisse le cou pour lire les pancartes. Il cherche la direction de la douane : il pense à la suite ; il est déjà passé à autre chose. Parce que c'est ce qu'on fait dans un avion : on partage un accoudoir avec quelqu'un pendant quelques heures, on raconte sa vie, on échange une ou deux anecdotes, une blague même, peut-être, on parle de la pluie et du beau temps, on critique la nourriture à bord, on se prend à ronfler, et puis on se dit adieu.

Alors pourquoi se sent-elle si peu préparée pour cette dernière scène qu'il leur reste à jouer ?

Elle devrait plutôt s'inquiéter de ce taxi qu'elle doit trouver, de l'heure à laquelle elle va arriver à l'église, des retrouvailles avec son père et de sa rencontre avec Charlotte. Mais elle n'a qu'une idée en tête : Oliver. Et, quand elle s'en rend compte, quand elle comprend cette répugnance qu'elle éprouve à le quitter, elle se met soudain à douter : et si elle s'était monté la tête ? Et si ce n'était pas du tout ce qu'elle croyait ?

Déjà, tout a changé. Déjà, Oliver lui semble à des millions d'années-lumière.

Au bout du couloir, ils retrouvent leurs compagnons de voyage qui font la queue, piaffant et maugréant, leurs sacs jetés pêle-mêle à leurs pieds. Comme elle laisse à son tour tomber son sac à dos, elle fait une rapide récapitulation de ce qu'elle a mis à l'intérieur. Est-ce qu'elle a pris un stylo qui pourrait lui servir à récupérer un numéro de téléphone ou une adresse e-mail, un minimum d'infos sur lui, un genre d'assurance contre l'oubli ? Encore faudrait-il le lui demander… Mais, dans sa tête, c'est la banquise. Elle est tétanisée. L'horreur absolue. Qu'est-ce qu'elle pourrait bien lui dire sans passer pour la pauvre fille désespérée ?

Oliver bâille et s'étire, arquant le dos. Et puis il laisse retomber nonchalamment son coude sur son épaule, feignant de s'appuyer sur elle. Ce poids, qu'elle sent à peine, pourrait pourtant bien suffire à l'achever. Quand elle relève les yeux vers lui, elle a du mal à avaler sa salive. Mais qu'est-ce qui lui prend de se mettre dans des états pareils ? Elle ne se reconnaît pas.

— Tu rentres en taxi ? lui lance-t-elle d'un ton détaché.

Il secoue la tête et récupère son bras.

— En métro. C'est pas loin de la station.

Est-ce qu'il parle de l'église ou de chez lui ? Est-ce qu'il va passer prendre une douche et se changer ou filer directement au mariage ? Elle ne le sait pas. Elle ne le saura jamais. Et ça la tue. C'est comme le dernier jour de cours, la dernière veillée en colo, comme si tout s'arrêtait. Le bout du chemin, et puis après plus rien. Le précipice. Brutal, vertigineux.

À sa grande surprise, il baisse alors la tête pour être à sa hauteur, plisse les yeux et effleure sa joue du bout du doigt.

— Un cil, explique-t-il, en se frottant le pouce pour s'en débarrasser.

— Et mon vœu ?

— J'en ai fait un pour toi, lui annonce-t-il avec un sourire en coin – si craquant qu'elle fond.

Son cœur fait un bond. Et elle ne le connaît que depuis dix heures ? Non, ce n'est pas possible !

— Je t'ai souhaité un passage éclair en douane, lui révèle-t-il. Sinon, tu n'as pas une chance sur mille.

Elle jette un coup d'œil à la pendule sur le mur de béton au-dessus d'eux. Il a raison. Il est déjà 10 h 08 : moins de deux heures avant le début de la cérémonie. Et voilà qu'elle se retrouve coincée à la douane, des nœuds plein les cheveux et la robe en accordéon dans sa valise. Elle essaie de s'imaginer en train de marcher vers l'autel. Mais il y a un truc, dans cette image, qui ne colle absolument pas avec son état actuel.

Elle soupire.

— Ça dure longtemps d'habitude ? lui demande-t-elle.

— Plus maintenant que j'ai fait mon vœu, lui assure-t-il.

126

Comme s'il avait suffi de le dire, la queue avance au même moment. Il lui jette un coup d'œil triomphant et suit le mouvement. Elle secoue la tête et entre dans le rang.

— Si c'est aussi simple que ça, tu n'aurais pas pu faire un vœu pour gagner un million de dollars ?

— Un million de livres, la reprend-il. Tu es à Londres. Et, pour répondre à ta question, non. Qui voudrait se taper les impôts après ?

— Quels impôts ?

— Sur ton million de livres. Au moins quatre-vingt-huit pour cent iraient probablement direct dans les poches de la reine.

Elle le regarde d'un air entendu.

— Quatre-vingt-huit pour cent, hein ?

— Les chiffres ne mentent jamais, lui assène-t-il pince-sans-rire.

Quand ils arrivent à l'endroit où la file se divise, ils sont accueillis par un fonctionnaire des douanes en uniforme bleu – c'est fou ce qu'il a l'air de s'éclater, le monsieur. Appuyé contre la barrière de métal, il désigne du doigt une pancarte qui leur indique la direction à prendre.

— Ressortissants de la Communauté européenne à droite, tous les autres à gauche, répète-t-il inlassablement d'une petite voix aiguë qui se perd dans le brouhaha ambiant. Ressortissants de la Communauté européenne à droite…

Ils échangent alors un regard et toute son incertitude s'envole. Parce que c'est écrit, juste ici, sur le visage d'Oliver, cette réticence qui reflète la sienne. Ils restent tous les deux plantés là un moment, un très long, trop long moment, une éternité, sans qu'aucun des deux ne puisse se résoudre à quitter l'autre, tandis que le flot des gens derrière eux les contourne comme une rivière contourne un rocher.

— Monsieur, dit le douanier, s'interrompant à mi-mantra pour poser la main dans le dos d'Oliver, je vais être obligé de vous demander d'avancer. Vous bloquez la queue.

— Juste une min…

— Maintenant, monsieur, l'interrompt le fonctionnaire, en le poussant un peu plus fort.

En essayant de la doubler, une femme portant un bébé entraîne Hadley dans le mouvement et il lui semble qu'elle ne peut rien faire que se laisser emporter par le courant. Mais, à peine a-t-elle avancé qu'elle sent son coude se bloquer et, comme par magie, Oliver se matérialise à ses côtés. Il la regarde, la tête inclinée vers elle, la main toujours fermement cramponnée à son bras et, avant qu'elle ait le temps de stresser, avant qu'elle se rende bien compte de ce qui va se passer, elle l'entend murmurer : « Et puis merde ! », et voilà qu'il se penche pour l'embrasser.

La queue continue à les contourner et le douanier abandonne provisoirement la partie avec un soupir excédé. Mais Hadley ne remarque rien de tout ça. Elle agrippe la chemise d'Oliver de peur d'être entraînée. À la façon dont il la serre contre lui, elle ne s'est pourtant jamais sentie plus en sécurité. Il a les lèvres douces et légèrement salées – un petit souvenir des bretzels qu'ils ont partagés. Elle ferme les yeux et le reste du monde cesse d'exister. Quand il finit par s'écarter avec un sourire satisfait, elle est bien trop sonnée pour pouvoir lui parler. Elle recule d'un pas chancelant, alors même que le douanier le pousse dans la direction opposée.

— Ce n'est pas comme si on vous expédiait chacun à l'autre bout de la terre, marmonne-t-il, en levant les yeux au ciel.

Le mur de béton qui sépare les deux zones douanières approche à vitesse grand V et Oliver agite la main, sans la quitter des yeux, toujours aussi radieux. Dans deux secondes, elle ne le verra plus, réalise-t-elle soudain. Mais elle répond à son signe de la main. Il pointe alors l'index vers la tête de file et elle opine du bonnet, en espérant qu'elle a bien compris : ça veut dire qu'elle va le retrouver de l'autre côté. Et puis il disparaît et elle n'a plus d'autre choix que de suivre le mouvement, son passeport à la main, docilement. Elle sent encore son baiser sur ses lèvres. Une paume plaquée sur la poitrine, elle tente vainement de calmer les battements de son cœur qui s'est emballé.

Mais elle ne tarde pas à se rendre compte que le vœu d'Oliver ne va pas se réaliser : sa file est pratiquement à l'arrêt et, prise en sandwich entre un bébé hurlant et un géant avec un tee-shirt texan, elle est à deux doigts d'exploser. Elle n'a jamais été aussi impatiente de toute sa vie. Son regard ne cesse d'aller et venir entre sa montre et le mur derrière lequel Oliver a disparu, et elle compte les minutes avec une fiévreuse fébrilité. Elle piétine, se tortille, fait les cent pas, soupire : cette attente la met au supplice et elle ne tient pas en place.

Quand arrive enfin son tour, c'est tout juste si elle ne se rue pas sur le guichet pour pousser son passeport sous la vitre.

— Voyage d'affaires ou d'agrément ? lui demande la dame en examinant le précieux document.

Hadley hésite. Aucun des deux ne lui paraît convenir vraiment. Faute de mieux, elle se décide pour « agrément » – quoique assister au remariage de son père puisse difficilement entrer dans cette catégorie –, puis répond au reste des questions avec un tel débit que, derrière son guichet, la dame finit par lui jeter un regard soupçonneux. Elle n'en tamponne pas moins sans broncher une des nombreuses pages vierges de son passeport.

Sa valise tangue dangereusement comme elle quitte un peu trop vite le poste de contrôle, décrétant que la pomme, piquée dans le frigo juste avant de partir, ne rentre pas vraiment dans la catégorie « produits agricoles » à déclarer. Il est maintenant 10 h 42 et, si elle ne se débrouille pas pour choper un taxi dans les dix minutes, il n'y a quasiment aucune chance pour qu'elle arrive à temps à la cérémonie. Mais ce n'est pas à ça qu'elle pense. Pour l'heure, elle n'a qu'une seule idée en tête : Oliver. Quand elle débarque dans la zone de retrait des bagages, son cœur se serre. Tassée derrière un cordon noir, c'est une véritable marée humaine qui l'attend.

La salle est immense, avec des dizaines de carrousels trimballant un tas de valises multicolores, et, alentour, déployée dans toutes les directions, une masse de gens brandissant des pancartes, impatients d'accueillir amis ou parents, tous à la recherche de quelque chose ou de quelqu'un, d'un moyen de transport, d'une indication, d'objets perdus ou trouvés. Elle tourne en rond. Ses bagages semblent peser une tonne, son tee-shirt lui colle à la peau et ses cheveux lui tombent dans les yeux. Il y a là des enfants et des grands-parents, des chauffeurs de limousines et des employés d'aéroport, un type avec un tablier Starbucks et trois moines en robe rouge. Un million de gens, d'ici et d'ailleurs, mais aucun n'est Oliver.

Elle recule contre un mur et pose ses affaires. Elle en oublie de stresser sur la foule qui se presse autour d'elle. Elle est trop occupée à passer en revue toutes les éventualités. Ça pourrait être n'importe quoi, en fait. Sa file à lui qui a ralenti. Il a été retardé à la douane. Il est sorti plus vite du poste de contrôle et s'est dit que c'était elle qui était déjà passée à autre chose. Ils ont pu se croiser sans même s'en rendre compte...

Il peut tout simplement être parti.

Pourtant, elle attend.

L'énorme pendule au-dessus du panneau des arrivées fixe sur elle un regard accusateur et Hadley essaie d'ignorer l'étouffante sensation de panique qu'elle sent monter en elle. Comment a-t-il pu ne pas lui dire adieu ? Ou était-ce le sens qu'il fallait donner à son baiser ? Après toutes ces heures, tous ces moments partagés ? Ça ne peut quand même pas se terminer comme ça !

Elle ne connaît même pas son nom de famille ! réalise-t-elle tout à coup.

S'il y a un truc qu'elle n'a aucune envie de faire, c'est bien d'assister à un mariage. Elle peut pratiquement sentir ses dernières réserves d'énergie se vider comme l'eau qui s'écoule d'un évier. Mais, à mesure que les minutes passent, il devient de plus en plus difficile de ne pas penser à cette cérémonie qu'elle va vraiment finir par rater. Au prix d'un gigantesque effort, elle parvient à se décoller du mur pour faire un dernier tour de vérification. Le pas lourd, elle déambule à travers l'immense aérogare. Mais pas de chemise bleue, pas de cheveux en pétard : Oliver n'est nulle part.

Alors, à bout de ressources, Hadley finit par se diriger vers les portes coulissantes pour plonger dans le brouillard londonien. Il n'aurait plus manqué que le soleil ait l'audace de se montrer ce matin !

8

New York : 05 h 48
Londres : 10 h 48

La queue pour les taxis est si longue que c'en devient presque comique. Hadley grogne en tirant sa valise jusqu'au bout de la file, derrière une famille d'Américains qui portent tous le même tee-shirt rouge et parlent dix fois trop fort. Heathrow se révèle tout aussi encombré que Kennedy, sans même l'excuse du 4 juillet, et elle attend, dans un état second, tandis que la queue se traîne lamentablement et que le manque de sommeil commence à se faire sentir. Tout se brouille à moitié quand son regard passe des gens alignés devant elle aux bus quittant l'arrêt, puis à la colonne de taxis noirs qui attendent leur tour, aussi silencieux et solennels que des corbillards dans un cortège funèbre.

« Ça ne peut pas être pire que New York », avait-elle dit à Oliver, un peu plus tôt, quand il l'avait prévenue pour Heathrow. Il avait juste hoché la tête. Il avait qualifié l'aéroport londonien de « cauchemar logistique d'une ampleur pharaonique ». Il ne s'était pas trompé.

Elle se secoue alors. Physiquement. Un geste brusque, comme si elle avait de l'eau dans les oreilles. Il faut qu'elle cesse de penser à lui. *Il est parti*, se répète-t-elle. *Il est parti. C'est aussi simple que ça.* Elle résiste pourtant à l'envie de se retourner pour le chercher une dernière fois.

On lui avait dit, un jour, qu'on peut calculer le temps qu'il faut pour oublier quelqu'un : « C'est mathématique. La moitié du temps que vous avez passé ensemble. » Elle a quand même des doutes. Comment se fier à une formule aussi basique pour quelque chose d'aussi complexe qu'un chagrin d'amour ? Après tout, ses parents sont restés mariés vingt ans et son père n'a mis que quelques mois avant de tomber amoureux d'une autre. Et, quand Mitchell l'a plaquée, après trois trimestres entiers, il ne lui a pas fallu plus de dix jours pour se le sortir complètement de la tête. N'empêche, elle se rassure en se disant qu'elle n'a connu Oliver qu'une dizaine d'heures. Donc ce gros nœud qu'elle a là, dans la poitrine, devrait avoir disparu avant la fin de la journée. Au plus tard.

Quand elle arrive enfin en tête de file, elle plonge la main dans son sac pour retrouver le faire-part pendant que le chauffeur – un type haut comme trois pommes avec une barbe si longue et si blanche qu'on dirait un vrai nain de jardin – balance négligemment sa valise dans le coffre, sans même interrompre une seule seconde sa conversation dans le micro de son kit mains libres. Une fois encore, elle essaie de ne pas penser à l'état de la robe qu'elle va bientôt être obligée d'enfiler. Elle communique l'adresse de l'église au chauffeur qui reprend sa place derrière le volant sans faire le moindre cas de la présence d'un nouveau passager dans son taxi.

— Il faut compter combien de temps ? lui demande-t-elle, en se glissant sur la banquette arrière.

Il n'interrompt son incessant bavardage que pour laisser échapper un truc entre jappement et rire étranglé.

— Longtemps, lâche-t-il, avant de déboîter pour s'engager dans le flux des voitures qui roulent au pas.

— Génial, maugrée Hadley.

Elle regarde le paysage défiler à travers un rideau de brouillard et de pluie. La grisaille qui règne ici semble tout recouvrir et, bien que le mariage soit organisé en intérieur, elle se prend à avoir une pensée apitoyée pour Charlotte – même si, étant anglaise, elle a eu toute une vie pour s'y habituer et ne s'attend probablement pas à mieux. Qui ne serait pas déçu d'avoir un temps pareil à son mariage ? Quelque part, il y a toujours cet espoir infime que ce jour-là, « le plus beau jour de sa vie », fera exception à la règle.

Quand le taxi prend l'autoroute, les immeubles tout en largeur commencent à céder la place aux étroites maisons de brique qui se serrent frileusement sous une forêt d'antennes squelettiques dans un dédale

135

de petites cours encombrées. Elle voudrait bien demander s'ils sont déjà dans Londres, mais elle a comme l'impression que son chauffeur ferait un guide touristique rien moins qu'enthousiaste. Évidemment, si Oliver était là, il ne manquerait pas de lui raconter tout un tas d'anecdotes sur le moindre détail. En même temps, il y aurait tellement d'histoires à dormir debout et de demi-vérités « pas tout à fait vraies » dans son commentaire qu'elle aurait intérêt à rester sur ses gardes et à ne rien prendre pour argent comptant.

Pendant le vol, il lui avait parlé des voyages en Afrique du Sud, en Argentine et en Inde qu'il avait faits avec ses parents. Elle l'avait écouté, captivée, en se disant qu'elle aimerait bien être en route pour une destination aussi lointaine. Ça n'avait rien de si invraisemblable après tout : ils se trouvaient dans un avion et il n'était pas si difficile d'imaginer qu'ils partaient au bout du monde ensemble.

— Qu'est-ce que tu as préféré ? lui avait-elle demandé. De tous les endroits où tu es allé.

Il avait semblé réfléchir à la question, avant que cette petite fossette si caractéristique ne fasse sa réapparition.

— Le Connecticut.

Elle avait ri.

— Tu parles ! Qui voudrait aller à Buenos Aires quand on peut avoir New Haven ?

— Et toi ?

— L'Alaska, sans doute. Ou Hawaii.

Oliver avait eu l'air impressionné.

— Pas mal. Les deux États les plus vastes.

— Je les ai tous visités sauf un, en fait.

— Tu plaisantes ?

Elle avait secoué la tête.

— Nan. On faisait plein de grandes virées comme ça, en voiture, quand j'étais plus jeune, avec mes parents.

— Ah oui ? Donc, tu es allée à Hawaii en voiture ? Comment c'était ?

Elle s'était marrée.

— Pour cet État-là, on a estimé qu'il serait plus raisonnable de faire une exception : on a pris l'avion.

— Alors, c'est lequel que tu as raté ?

— Le Dakota du Nord.

— Et pourquoi ça ?

Elle avait haussé les épaules.

— Juste pas encore eu l'occasion d'y aller, j'imagine.

— Je me demande combien de temps ça prendrait, en voiture, du Connecticut.

Elle avait éclaté de rire.

— Est-ce que tu sais conduire à droite, au moins ?

— Mais oui ! avait-il protesté, en jouant le mec hyper vexé. J'admets qu'il est choquant de penser que je puisse être capable de manœuvrer un véhicule du *mauvais* côté de la chaussée, mais je m'en tire plutôt bien, sans me vanter. Tu verras, quand on entreprendra notre traversée au long cours jusqu'au Dakota du Nord, un jour.

137

— J'ai déjà hâte, lui avait-elle répliqué, en se rappelant tout de même intérieurement que ce n'était qu'un délire.

N'empêche, rien que de s'imaginer traversant le pays avec lui, tous les deux dans la voiture à écouter de la musique en regardant l'horizon défiler, ça avait suffi à lui redonner le sourire.

— Alors, c'est quoi ton endroit préféré en dehors des États-Unis ? avait-il repris. Je sais, c'est idiot de croire qu'il peut y avoir un endroit au monde aussi merveilleux que, disons, le New Jersey, mais...

— C'est la première fois que je quitte les *States*, en fait.

— Non !

Elle avait hoché la tête.

— Sacrée pression, alors.

— Sur quoi ?

— Sur Londres.

— Je ne m'attends pas à grand-chose d'extraordinaire.

— Tu m'étonnes ! Bon, alors, si tu pouvais aller n'importe où dans le monde, ce serait où ?

Elle avait médité sa réponse un moment.

— L'Australie, peut-être. Ou Paris. Et toi ?

Il l'avait regardée comme si ça tombait sous le sens, l'ironie au coin des lèvres.

— Le Dakota du Nord.

Hadley presse son front contre la vitre du taxi et, une fois de plus, se prend à sourire en repensant à lui. C'est comme avec ces chansons qu'on ne peut pas se sortir du crâne. Elle a beau faire, la mélodie de leur rencontre lui tourne en boucle dans la tête et, bizarrement, se révèle chaque fois plus émouvante, comme un hymne aux J.O., une berceuse de son enfance. Comment pourrait-elle jamais s'en lasser ?

Elle regarde le monde filer à toute allure sous ses yeux rougis et essaie de lutter contre le sommeil. Son portable sonne quatre fois avant qu'elle réalise que ce n'est pas celui du chauffeur. Quand elle finit par le repêcher au fond de son sac et s'aperçoit que c'est son père, elle hésite un peu avant de répondre.

— Je suis dans un taxi, lui dit-elle en guise de salutations, tout en tendant le cou pour vérifier l'heure sur le tableau de bord.

Son estomac fait un salto arrière. 11 h 24 !

Son père soupire. Elle l'imagine dans son beau costume en train de faire les cent pas dans l'église. Elle se demande s'il ne se maudit pas de l'avoir invitée, finalement. Il y a tant de trucs plus importants dont il doit s'occuper en un jour pareil : les fleurs, les menus, le plan de table… Que sa fille ait raté son avion et qu'elle soit en retard pour la cérémonie doit plus lui coller la migraine qu'autre chose.

— Sais-tu si tu es encore loin ?

Elle couvre son téléphone de la main et s'éclaircit ostensiblement la gorge. Le chauffeur fait la grimace, manifestement agacé de se voir une nouvelle fois interrompu.

— Excusez-moi, monsieur, se lance-t-elle néanmoins. Est-ce que vous savez si on est encore loin ?

Le chauffeur gonfle les joues en signe d'ignorance et pousse un soupir.

— Encore vingt minutes ? Trente ? Euh… vingt-cinq. Trente, peut-être. Trente.

Elle fronce les sourcils et recolle l'appareil sur son oreille.

— Genre une demi-heure, apparemment.

— Bon sang ! Charlotte va avoir une attaque.

— Vous n'avez qu'à commencer sans moi.

— C'est un mariage, Hadley. Ce n'est pas comme rater les réclames au cinéma.

Elle se mord la lèvre pour ne pas le corriger : « Les pubs, papa. Les pubs. »

— Écoute, reprend son père, dis au chauffeur que tu vas lui donner vingt livres de plus s'il te dépose ici dans vingt minutes. Je vais parler au pasteur et voir si on ne peut pas grappiller quelques minutes de notre côté, O.K. ?

— O.K., répond-elle, en jetant un coup d'œil dubitatif au chauffeur.

— Et ne t'inquiète pas : les amies de Charlotte se tiennent au garde-à-vous, ajoute son père.

Et elle peut percevoir cet humour dans sa voix, ce petit rire embusqué, comme quand elle était gamine.

— Pourquoi ?

— Mais pour toi ! s'exclame-t-il joyeusement. À tout à l'heure.

Le chauffeur semble se réveiller un peu à la perspective d'un bonus et, l'affaire conclue, quitte l'autoroute pour se faufiler dans un dédale de petites rues bordées de bâtiments bariolés, enfilade de pubs, d'épiceries et de boutiques typiques. Hadley se demande si elle ne devrait pas commencer à se préparer dans la voiture. Mais l'effort lui paraît titanesque et l'entreprise si hasardeuse qu'elle préfère encore regarder par la vitre, en se rongeant les ongles et en essayant de ne penser à rien. Ça paraît presque plus facile d'y aller les yeux bandés, comme un condamné amené devant le peloton d'exécution.

Elle lorgne vers le téléphone posé sur ses genoux. Et puis elle l'ouvre d'un coup de pouce et appelle sa mère. Répondeur. Elle le referme, le cœur lourd. Il lui suffit pourtant d'un rapide calcul pour s'en rendre compte : il est encore super tôt dans le Connecticut et sa mère, qui dort comme un loir, est sans doute toujours au lit – tant qu'elle n'a pas pris sa douche et sa dose massive de café, la terre peut bien s'arrêter de tourner. Sans trop savoir pourquoi, Hadley a comme dans l'idée que la voix de sa mère pourrait bien être exactement ce qu'il lui faut pour lui remonter le moral et elle donnerait n'importe quoi pour l'entendre, là, maintenant.

Le taxi a tenu parole : à 11 h 46 précises, il se gare devant une énorme église avec un toit rouge et un clocher si haut perché qu'avec ce brouillard, il semble se perdre dans les nuées. Le portail est ouvert et deux types en costard-cravate poireautent devant l'entrée.

Hadley trie la liasse de billets colorés que sa mère a changés pour elle, tendant au chauffeur ce qui lui fait quand même l'effet d'un sacré paquet pour un simple transfert de l'aéroport – sans compter les vingt livres promises en prime. Du coup, elle se retrouve, en tout et pour tout, avec dix livres. Après être sorti pour extraire sa valise du coffre, le chauffeur repart avec son taxi, la laissant plantée sous la pluie. Elle reste un moment à regarder l'église.

De l'intérieur lui parviennent les vibrants accords d'un orgue. Devant le portail, les deux préposés au placement des invités tapotent leur pile de programmes et lui sourient d'un air engageant. Mais elle repère bientôt une autre porte ménagée dans la façade de brique et opte pour cette entrée. Le seul truc pire que de marcher vers l'autel serait de le faire trop tôt, affublée d'une jupe de jean fripée, en tirant une valise rouge tout le long du trajet.

La porte en question s'ouvre sur un petit jardin avec la statue d'un saint qui, pour l'heure, sert de perchoir à trois pigeons gris. Hadley manœuvre sa valise pour longer l'édifice jusqu'à ce qu'elle découvre une autre porte. Quand elle la pousse de l'épaule, la musique envahit le jardin. Elle jette un coup d'œil à droite et à gauche dans le couloir avant de se diriger vers le fond de l'église, où elle tombe sur une petite dame coiffée d'un chapeau à plumes.

— Excusez-moi, lui dit-elle, à mi-voix. Je cherche… le marié.

— Ah ! tu dois être Hadley ! s'exclame la petite dame. Je suis tellement contente que tu aies réussi à venir. Ne t'inquiète pas, ma chérie. Les filles t'attendent en bas.

À cette façon qu'a la petite dame de rouler les « r », Hadley en déduit que ce doit être la mère de la mariée – une Écossaise. Maintenant que son père et Charlotte vont convoler, elle se demande si elle est censée considérer cette femme – cette parfaite inconnue qui la tutoie – comme une sorte de grand-mère. Quand elle y pense, ça la laisse sans voix. Combien d'autres « parents » va-t-elle voir débarquer dans la famille avant la fin de la journée exactement ? Mais, avant qu'elle n'ait le temps de reprendre ses esprits, la petite dame agite déjà la main comme si elle chassait une mouche invisible.

— Tu ferais mieux de te dépêcher, la presse-t-elle.

Hadley retrouve enfin sa langue pour la remercier avant de se précipiter vers l'escalier. Tandis qu'elle le descend, cognant sa valise à chaque marche, elle perçoit comme des pépiements. Elle a l'impression d'entrer dans une volière. Elle n'a pas le temps d'atteindre le bas de l'escalier qu'elle est déjà complètement submergée.

— Enfin ! la voilà ! s'écrie une des femmes présentes, en lui entourant les épaules pour l'escorter vers une salle de catéchisme qui semble faire également office de salon d'habillage.

Une autre s'empare de sa valise et une troisième la guide jusqu'à une chaise pliante placée devant une glace calée contre le tableau noir. Toutes les quatre ont déjà revêtu leur robe de demoiselle d'honneur. Elles ont les cheveux laqués, les sourcils épilés et sont parfaitement maquillées. Elle essaie de ne pas les confondre pendant qu'elles se présentent, mais il est clair que ce n'est pas le moment de faire des salamalecs. Ces dames ne plaisantent pas : à la guerre comme à la guerre.

— Nous avons bien cru que tu allais le rater, ce mariage, commente Violette, une amie d'enfance de Charlotte que cette dernière a également choisie comme témoin.

Elle volette autour de sa tête, en tirant une barrette coincée entre ses dents. Une autre, Jocelyn, se saisit d'un pinceau à maquillage, louche trois secondes sur elle et se met à l'ouvrage. Dans le miroir, Hadley peut voir que les deux autres ont ouvert sa valise et tentent de lisser sa robe, qui est aussi irrécupérablement chiffonnée qu'elle l'avait redouté.

— Ne t'inquiète pas, ne t'inquiète pas, la rassure Hillary, en disparaissant avec dans les toilettes. C'est le genre de robe qui gagne à être un peu malmenée : quelques plis et elle n'en est que plus jolie.

— Et ce voyage, comment c'était ? s'enquiert Violette, en lui plantant une brosse dans le crâne.

Après toutes ces heures passées dans l'avion, elle doit être complètement échevelée.

Avant qu'elle n'ait le temps de répondre, Violette lui entortille les cheveux pour faire un nœud. Elle tire si fort que les yeux lui sortent pratiquement de la tête.

— Trop serré, parvient-elle à articuler.

Elle se sent comme Blanche-Neige, étouffée de baisers par une nuée de créatures de la forêt bien intentionnées. Mais quand, moins de dix minutes plus tard, elles en ont fini avec elle, Hadley doit bien admettre que ce qu'elles sont parvenues à faire tient du miracle. Sa robe, quoique encore un peu froissée, a vraiment meilleure allure que lorsqu'elle l'a enfilée à la maison. Les bretelles sont juste à la bonne longueur et la jupe de soie lavande tombe parfaitement, s'arrêtant pile aux genoux. Les chaussures sont celles de sa mère, des sandales à brides qui brillent comme deux sous neufs. Elle fait bouger ses orteils vernis tout en les examinant. Ses cheveux sont tirés en arrière et ramassés en un élégant chignon bas. Entre ça et le maquillage, elle ne se reconnaît absolument pas.

— On dirait une ballerine, s'extasie Whitney ravie, en joignant les mains avec émotion.

Hadley sourit, un peu intimidée de se sentir entourée de tant de bonnes fées. Mais elle est obligée d'admettre que c'est vrai.

— Nous ferions mieux d'y aller, déclare Violette, en jetant un coup d'œil à la pendule qui indique 12 h 08. Il ne faudrait pas que Charlotte fasse une crise cardiaque le jour de ses noces.

Les autres s'esclaffent tout en jetant un dernier coup d'œil dans la glace. Et puis toutes s'élancent vers la porte, leurs talons claquant sur le lino.

Mais Hadley ne peut pas avancer. Elle est tétanisée. Elle vient seulement de réaliser qu'elle ne pourra pas voir son père avant la cérémonie et il y a quelque chose là-dedans qui la déboussole complètement. Tout semble aller beaucoup trop vite subitement, et elle reste plantée là, à lisser sa robe en se mordant la lèvre et en essayant de freiner la machine à regrets qui s'est brusquement emballée.

Il se marie. Elle hallucine rien que d'y penser. *Il se marie.*

Oh bien sûr ! ça n'a rien d'un scoop. Elle le sait depuis des mois qu'il commence une nouvelle vie aujourd'hui, une vie avec une autre. Mais, jusqu'à présent, c'étaient juste des mots, une vague notion, très-très vague, le genre d'événement si lointain qu'il semble ne jamais devoir vraiment arriver, qui s'approche de vous en douce, comme les monstres dans les contes pour enfants, pleins de poils, de griffes et de dents, mais sans réelle substance.

Alors que, telle qu'elle est là, en train de prendre racine dans le sous-sol de cette église, avec les mains qui tremblent et le cœur qui palpite, elle est foudroyée par la signification bien réelle de cette journée fatidique. Elle prend pleinement conscience de tout ce qu'elle va y perdre, de tout ce qui a déjà changé, et il y a quelque part, en elle, un truc qui commence à faire mal.

Elle entend l'appel d'une des demoiselles d'honneur au fond du couloir, là où se perd déjà l'écho de leurs pas. Elle respire un bon coup et tente de se remémorer ce qu'Oliver a dit, dans l'avion, à propos du courage. Et, bien qu'en cet instant, elle se sente tout sauf courageuse, quelque chose, dans ces mots-là, la pousse à se redresser. Elle s'y raccroche comme à une bouée de sauvetage pour s'obliger à rattraper les autres, les pupilles dilatées par l'angoisse sous son beau maquillage.

Lorsqu'elle arrive en haut de l'escalier, on la conduit sous le porche de l'église où elle est présentée au frère de Charlotte, Monty, au bras duquel elle est censée remonter la nef. Il est mince comme un fil et si pâle qu'on dirait un fantôme. À vue d'œil, elle lui donne quelques années de plus que Charlotte, ce qui le place du mauvais côté de la quarantaine. Il lui tend une main froide et rêche, puis, les présentations faites, lui offre son bras. On lui colle alors un bouquet rose et mauve dans la main, tandis qu'on leur attribue leur place dans la file, derrière les autres, et, avant qu'elle ne comprenne vraiment ce qui se passe, les portes s'ouvrent en grand et tous les yeux de l'assistance se braquent soudain sur eux.

Quand vient leur tour, Monty lui donne en douce un léger coup de coude et elle s'avance à petits pas mal assurés sur ces hauts talons auxquels elle n'est pas habituée. L'événement est plus important qu'elle ne l'avait imaginé. Pendant des mois, elle s'était représenté une petite église de campagne dans laquelle seraient réunis quelques intimes. Mais, là, c'est carrément un grand mariage, et, tous tournés vers eux, des centaines de visages inconnus les regardent.

Elle affermit sa prise sur son bouquet et redresse la tête. Du côté du marié, elle repère quelques personnes qu'elle connaît vaguement : un ancien copain de fac de son père, un petit-cousin parti vivre en Australie et un vieil oncle qui, pendant des années, lui avait envoyé des cadeaux d'anniversaire à la mauvaise date et que, si elle était tout à fait honnête, elle avait enterré depuis belle lurette.

Comme ils se dirigent vers l'autel, elle doit se rappeler qu'elle est censée respirer. La musique lui paraît trop forte et la lumière à l'intérieur de l'église, trop faible. Elle cligne des yeux dans la pénombre. Difficile de dire si elle a chaud parce qu'il n'y a pas d'air conditionné ou à cause de cette panique qu'elle s'efforce de refouler, cette sensation familière qui se manifeste toujours dans les endroits bondés : trop de gens et pas assez d'espace à partager.

Quand ils arrivent enfin au bout de la nef, elle n'en revient pas de voir son père debout devant l'autel. Sa présence dans cette église de Londres qui sent la pluie et le parfum, alors qu'une colonne de femmes en robe mauve se dirigent vers lui à pas comptés, lui paraît tellement improbable. Ça ne colle pas, cette image de lui, là, devant elle, les yeux étincelants et rasé de frais, une fleur à la boutonnière. Il lui semble qu'il doit bien exister des milliers d'endroits où il serait plus logique qu'il soit, par ce pluvieux après-midi d'été. Il devrait être dans la cuisine, à la maison, vêtu de son vieux pyjama élimé, celui qui a des trous à l'ourlet, là où le pantalon est trop long. Ou en train de classer un tas de factures dans son ancien bureau, en sirotant son thé dans son mug « *Poetry. What else ?* », en songeant qu'il ferait bien d'aller tondre la pelouse. Il y a, en fait, des tonnes de trucs qu'il devrait être en train de faire, là, maintenant. Mais se marier n'en fait pas partie, assurément.

148

Elle jette un coup d'œil aux bancs en passant. De jolis bouquets enrubannés de soie sont posés à l'extrémité de chaque rangée, et les chandelles allumées, au fond de l'église, donnent à l'atmosphère un petit côté magique. Cette sophistication, l'élégance stylée qui émane de l'ensemble forment un tel contraste avec l'ancienne vie de son père qu'elle se demande si elle doit en être simplement étonnée ou se sentir carrément insultée.

Elle se dit soudain que Charlotte doit se trouver quelque part derrière elle, attendant dans les coulisses, et elle est prise d'une envie quasi irrésistible de se retourner. Quand, au prix d'un effort héroïque, elle relève enfin la tête, c'est pour surprendre le regard de son père braqué sur elle. Sans vraiment le vouloir, elle détourne les yeux. Si elle ne mobilisait pas toute sa force de concentration pour continuer d'avancer, elle serait depuis longtemps partie en courant dans la direction opposée.

Lorsque, parvenus au bout de l'allée centrale, Monty et elle se séparent, son père lui prend la main au passage et l'étreint discrètement. Tel qu'elle le voit, là, si grand, si élégant dans son beau smoking, ça lui rappelle les photos qu'elle a vues de son premier mariage, quand c'était sa mère qu'il avait épousée, et elle a du mal à avaler sa salive. Elle réussit pourtant à lui adresser un petit sourire, avant d'aller rejoindre le reste des demoiselles d'honneur de l'autre côté de l'autel. Son regard se dirige alors automatiquement vers l'entrée de l'église où, tandis que les grandes orgues entonnent

une marche nuptiale tonitruante et que l'assistance se
lève, la mariée apparaît au bras de son père.

Hadley s'était tellement préparée à haïr Charlotte
que, sur le coup, elle en reste bouche bée de la découvrir si belle dans sa jolie robe avec son long voile dia-
phane. Elle est grande, élancée… tout le contraire de
sa mère – si menue que, chaque fois qu'ils sortaient,
son père faisait toujours la même blague : il la soule-
vait de terre et menaçait de la jeter dans la première
poubelle venue.

Alors que, là, devant elle, se trouve Charlotte, d'une
telle beauté, d'une telle grâce qu'Hadley se demande
ce qu'elle va bien pouvoir raconter de si terrible à sa
mère en rentrant. La marche de la future mariée vers
l'autel semble interminable. Pourtant, personne ne
peut s'arracher à ce charmant spectacle. Et, quand elle
atteint enfin l'autel, les yeux toujours rivés à ceux de
son futur époux, elle lui jette cependant un petit coup
d'œil par-dessus son épaule et lui adresse un sourire
si étincelant qu'Hadley, éblouie malgré tout – alors
qu'elle s'était bien juré de la haïr – ne peut que le lui
rendre.

Et après ? Après, ça se passe comme ça s'est toujours passé et comme ça se passera toujours. C'est le
même invariable rituel qui a présidé aux centaines
de milliers de mariages célébrés hier et présidera aux
centaines de milliers de mariages qui le seront demain.
Le pasteur s'approche de l'autel et il ne faut pas plus
de deux mots pour que le père abandonne sa fille. On
dit des prières, on échange des consentements, et puis

on se passe la bague au doigt. Il y a des sourires et des larmes, de la musique, des applaudissements, et même des rires quand le marié se trompe et dit « Oui » tout court au lieu de « Oui, je le veux. »

Et, quoique tous les jeunes mariés aient l'air heureux le jour de leurs noces, il y a, dans les yeux de celui-là, quelque chose qui lui coupe le souffle. Elle suffoque presque de voir cette joie qui brille au fond de ses prunelles, la sincérité de son sourire radieux. Ça la tétanise, ça la glace, ça la déchire, ça lui arrache, lui broie le cœur comme une vieille serpillière mouillée qu'on essore.

Ça lui redonne envie de rentrer chez elle en courant. Oh oui ! rentrer, rentrer à la maison, là, maintenant !

9

New York : 07 h 52
Londres : 12 h 52

Il était une fois, il y a des millions d'années de ça, quand Hadley était petite et que sa famille était encore unie, par un soir d'été ordinaire, alors qu'ils étaient tous les trois sortis prendre l'air – la nuit était tombée depuis longtemps et les criquets s'en donnaient à cœur joie –, papa et maman, assis sur les marches du perron, épaule contre épaule, riaient en regardant Hadley chasser les lucioles dans les recoins les plus sombres du jardin.

Chaque fois qu'elle s'en approchait, les petites lumières phosphorescentes disparaissaient. Aussi, lorsqu'elle était enfin parvenue à en capturer une, était-ce pratiquement un miracle, comme un joyau brillant de mille feux au creux de sa paume. Elle l'avait enfermée dans sa main avec précaution en revenant vers le perron.

— Est-ce que je peux avoir la maison à bébêtes ? avait-elle demandé.

Et maman avait attrapé, derrière elle, le pot de confiture. Ils avaient fait des trous dedans avant, de telle sorte que le couvercle était maintenant criblé de petits orifices pas plus gros que les étoiles là-haut, et la luciole clignotait comme une folle à travers le verre sale, dans un battement d'ailes frénétique. Hadley avait approché son visage tout près pour l'examiner.

— C'est vraiment une belle, celle-là, avait reconnu papa.

Maman avait hoché la tête d'un air approbateur.

— Pourquoi ça s'appelle des mouches à feu alors qu'y a pas de feu ? avait encore demandé Hadley, en louchant sur son spécimen. Il faudrait pas les appeler des mouches à lumière plutôt ?

— Eh bien, avait dit papa en riant, pourquoi appelle-t-on les libellules des demoiselles même quand elles ne le sont plus ?

Maman avait levé les yeux au ciel et Hadley avait pouffé tandis qu'ils regardaient, tous trois, la petite bête se débattre derrière les remparts de verre de son bocal.

— Tu te souviens quand nous sommes allés pêcher, l'été dernier ? lui avait rappelé maman, un peu plus tard dans la soirée – il était presque l'heure d'aller au lit. (Elle l'avait gentiment tirée en arrière par le dos de son tee-shirt. La petite fille avait reculé de quelques pas pour se retrouver pratiquement assise sur ses genoux.)

Nous avions rejeté tous les poissons que nous avions pris, n'est-ce pas ?

— Comme ça, ils pouvaient renager.

— Exactement, avait approuvé maman, en s'appuyant du menton sur l'épaule d'Hadley. Je crois que cette mignonne-là serait plus heureuse aussi, si tu la laissais partir.

Hadley n'avait rien répondu, mais elle avait serré le bocal un peu plus fort contre elle.

— Tu connais le dicton, avait renchéri papa. Si tu aimes quelque chose, laisse-le partir. S'il revient, c'est qu'il t'appartient. Sinon, c'est que jamais il ne fut tien.

— Et si elle ne revient pas ?

— Certains reviennent, d'autres pas, lui avait-il répondu en lui pinçant le nez. Moi, je serai toujours là pour toi, en tout cas.

— Oui mais tu brilles pas, toi, lui avait fait remarquer la petite fille.

Papa avait souri.

— Si, je rayonne quand je suis avec toi.

*
* *

Le temps que la cérémonie s'achève, la pluie a pratiquement cessé. Il y a pourtant une impressionnante forêt de parapluies noirs dehors, gardant du crachin qui s'attarde. Du coup, on se croirait plus à un enterrement qu'à un mariage. Là-haut, les cloches carillonnent si fort que, quand elle descend les marches, Hadley sent les vibrations jusque sous ses pieds.

À peine avaient-ils été déclarés mari et femme qu'après avoir accompli leur marche triomphale, Charlotte et son père s'étaient éclipsés sur le bas-côté. Encore maintenant, plus d'un quart d'heure après que cette alliance avait été dûment scellée par un baiser, ils n'avaient toujours pas reparu. Hadley déambule sans but à travers la foule, se demandant comment son père a bien pu faire pour connaître tant de gens. Il a passé pratiquement toute son existence dans le Connecticut et ce ne sont assurément pas les amis qui se bousculent pour le prouver. Alors qu'en à peine deux ans ici, il est déjà devenu une sorte de coqueluche locale qu'on s'arrache dans les dîners.

Sans même parler des invités dont la plupart ont l'air de figurants sur un plateau de cinéma, tout droit sortis de la vie d'un personnage de roman. Depuis quand son père fréquentait-il des femmes enchapeautées et des hommes en frac, tous habillés comme s'ils passaient juste le saluer avant d'aller prendre le thé chez la reine ? Cette scène – plus l'effet croissant du décalage horaire – lui donne l'impression de ne pas être bien réveillée. C'est un peu comme si elle avait un ou deux temps de retard sur le moment présent et qu'elle essayait vainement de le rattraper.

Un petit rayon de soleil parvient à s'immiscer entre les nuages, et les invités lèvent la tête, abaissant aussitôt leurs parapluies. Tous s'émerveillent comme s'ils avaient la chance inouïe d'assister à un phénomène météorologique extraordinaire. Perdue dans la masse, elle n'est pas très sûre de ce qu'on attend d'elle. Aucune autre demoiselle d'honneur ne semble dans les parages et il n'est pas impossible qu'elle soit censée être ailleurs. Elle n'a pas vraiment lu tous les programmes, descriptifs et autres indications envoyés par e-mail, ces trois dernières semaines, et le timing avait été trop serré pour qu'elle puisse récupérer la moindre info avant la cérémonie.

— Est-ce que je devrais me trouver quelque part, là ? demande-t-elle à Monty, sur lequel elle vient de tomber par hasard, alors qu'il fait le tour de la limousine blanche de collection garée devant l'église pour l'inspecter avec le plus grand intérêt.

Il hausse les épaules et reprend aussitôt son examen du luxueux véhicule, qui va probablement emporter les heureux époux vers leur hôtel tout à l'heure.

En retournant vers l'église, elle est soulagée d'apercevoir une robe mauve dans la foule.

— Ton père te cherche, l'informe Violette, en désignant l'édifice de l'index. Il est à l'intérieur avec Charlotte. Elle fait juste un petit raccord maquillage avant la séance photos.

— C'est à quelle heure, la réception ?

Vu la tête que tire Violette, elle aurait tout aussi bien pu lui demander où se trouvait le ciel. Apparemment, c'est plutôt évident.

— On ne t'a pas donné de programme ?

— Je n'ai pas eu le temps de regarder, prétexte-t-elle d'un air embarrassé.

157

— Ça ne commence pas avant 18 heures.

— Qu'est-ce qu'on fait entre-temps, alors ?

— Eh bien, les photos vont prendre un petit moment.

— Et après ?

— Après, tout le monde retourne à l'hôtel.

Elle lui adresse un regard parfaitement inexpressif.

— Là où se déroule la réception, lui explique Violette. Donc, nous allons probablement tous retourner là-bas en attendant.

— Super.

Violette arque un sourcil.

— Tu ne vas pas retrouver ton père ?

— Si-si, lui répond-elle sans bouger d'un millimètre. Ouep.

— Il est dans l'église, répète Violette, en articulant lentement, comme si elle craignait que la nouvelle belle-fille de sa meilleure amie n'ait pas tous ses neurones en parfait état de marche. Juste là.

Comme Hadley n'esquisse toujours pas le moindre geste pour partir, l'expression de Violette se radoucit.

— Écoute, mon père s'est remarié quand j'étais un peu plus jeune que toi. Alors, je compatis. Mais, tu sais, tu pourrais tomber sur bien pire comme belle-mère.

En fait non, elle ne sait pas. Elle ne sait pratiquement rien de Charlotte. Mais ce n'est peut-être pas la peine de s'en vanter.

Violette fronce les sourcils.

— Je la trouvais vraiment abominable, la mienne. Je la haïssais parce qu'elle osait me demander ne serait-

158

ce que les choses les plus élémentaires, des choses que ma propre mère m'aurait demandées, de toute façon, comme aller à la messe ou exécuter des tâches ménagères. Tout dépend de qui demande, dans l'affaire. Et comme c'était elle, je la détestais. (Elle marque un temps, sourit.) Et puis, un jour, je me suis rendu compte que ce n'était pas vraiment contre elle que j'étais en colère. C'était contre lui.

Hadley laisse son regard s'attarder sur l'église avant de répondre :

— Alors, je crois que j'ai un train d'avance sur vous.

Violette hoche la tête, peut-être parce qu'elle comprend que ce n'est pas la peine d'espérer mieux, et donne à Hadley une petite tape, un peu gauche, sur l'épaule. Au moment où elle se retourne pour se diriger vers l'église, Hadley est saisie d'une soudaine terreur à l'idée de ce qui l'attend à l'intérieur. Qu'est-ce qu'on est censé dire à un père qu'on n'a pas vu depuis des siècles, exactement, surtout le jour de son mariage avec une femme qu'on n'a jamais rencontrée ? S'il existe un code de bonne conduite pour ce genre de situation, elle est preneuse parce qu'elle n'est pas franchement au courant.

L'église est plongée dans le silence. Tout le monde est dehors à attendre la sortie des jeunes mariés. Ses talons résonnent sur les dalles tandis qu'elle se dirige vers le sous-sol, caressant au passage la pierre rêche des murs. Des voix s'élèvent dans l'escalier, comme une fumée qui monterait dans un conduit de cheminée, et elle s'arrête pour écouter.

— Ça ne vous pose pas de problème alors? demande une femme à laquelle une autre répond par un murmure trop sourd pour qu'elle l'entende. J'aurais cru que ça rendrait les choses plus difficiles.

— Pas du tout, affirme l'autre femme. (Elle reconnaît la voix de Charlotte.) De plus, elle vit chez sa mère.

Hadley retient son souffle.

Ça y est, on y arrive, finalement, songe-t-elle. *L'heure de vérité : la grande scène de la méchante belle-mère.* Le moment est venu de découvrir tous les trucs horribles qu'ils ont dits d'elle derrière son dos, d'apprendre combien ils sont contents qu'elle ne fasse plus partie du décor, qu'ils n'ont jamais voulu d'elle, de toute façon. Elle avait imaginé ça pendant tant de mois, s'était si bien représenté l'horrible bonne femme que devait être Charlotte. Et voilà que l'heure de la révélation a sonné. Elle se concentre tellement sur les preuves tant attendues qu'elle rate presque la suite.

— J'aimerais mieux la connaître, déplorait Charlotte. J'espère vraiment qu'ils vont se réconcilier bientôt.

L'autre femme laisse échapper un petit gloussement.

— Dans les neuf prochains mois, vous voulez dire?

— Eh bien...

Hadley perçoit un sourire dans sa voix. Elle en a un mouvement de recul, trébuchant presque sur ses hauts talons. L'église lui paraît subitement plus sombre, caverneuse, et elle est soudain prise de frissons.

Neuf mois, se répète-t-elle, les yeux brûlants de larmes.

Elle pense d'abord à sa mère. Pour la protéger ou pour rechercher sa protection ? Elle ne sait pas trop. En tout cas, elle ne désire rien tant qu'entendre sa voix, à ce moment-là. Mais son portable est en bas, dans la même pièce que Charlotte. En plus, comment pourrait-elle lui apprendre un truc pareil ? Ce n'est assurément pas à elle de le faire. Certes, sa mère a plutôt tendance à prendre les choses comme elles viennent, aussi insupportablement stoïque et philosophe qu'Hadley peut être irrationnelle. Mais, là, c'est différent. C'est énorme. Et il semble impossible que sa mère ne soit pas secouée par une si stupéfiante nouvelle.

Elle l'est, elle, en tout cas.

Elle en est là, prenant appui contre le montant de la porte pour se soutenir, fusillant l'escalier du regard, quand elle entend des pas et des rires d'hommes dans la direction opposée. Elle se précipite dans le couloir pour s'éloigner un peu et ne pas avoir l'air de faire ce qu'elle est très exactement en train de faire, puis se met à examiner ses ongles dans une attitude qu'elle espère hyper décontractée, juste au moment où son père apparaît en compagnie du pasteur.

— Hadley ! s'exclame-t-il, en posant la main sur son épaule, s'adressant à elle comme s'ils s'étaient quittés la veille. Je voudrais te présenter le révérend Walker.

— Ravi de te connaître, mon petit. (Le pasteur lui serre la main, avant de se tourner de nouveau vers son père.) Je vous verrai à la réception, Andrew. Encore toutes mes félicitations.

— Merci beaucoup, mon révérend, répond l'intéressé.

Et ils se retrouvent tous les deux à suivre le pasteur des yeux, qui repart clopin-clopant, dans une envolée de robes noires.

Quand il a disparu à l'angle du couloir, son père se tourne vers elle avec un large sourire.

— Ça fait du bien de te voir, fillette, déclare-t-il.

Elle sent alors ses lèvres trembler et son sourire chavirer. Elle jette un coup d'œil à la porte qui conduit au sous-sol.

Neuf mois. Les deux mots lui reviennent en pleine tête.

Son père est si près qu'elle peut sentir son aftershave : ce parfum mentholé un peu piquant… ça lui rappelle tellement de trucs… Elle en a des palpitations. Il la fixe obstinément comme s'il attendait quelque chose, mais quoi ? Comme si c'était à elle de lancer les hostilités, à elle de s'ouvrir la poitrine et de déverser tout ce qu'elle a sur le cœur, là, à ses pieds.

Comme si c'était elle qui avait des secrets.

Elle avait mis tant d'énergie à l'éviter, passé tant de temps, accompli tant d'efforts pour essayer de le faire disparaître de sa vie… Comme si c'était facile, comme si on pouvait l'effacer d'un coup de gomme tel un croquis raté sur un bout de papier. Et voilà maintenant que c'est *lui* qui lui avait fait des cachotteries, *lui* qui s'était caché d'*elle* !

— Félicitations, croasse-t-elle, en se soumettant à une sorte d'embrassades un peu coincées – qui ressemblent plus à une petite tape dans le dos qu'à autre chose, en définitive.

Son père s'écarte un peu trop brusquement.

— Je suis content que tu aies réussi à venir.

— Moi aussi. C'est cool.

— Charlotte est très impatiente de te rencontrer.

Rien que ça, elle a des envies de meurtre.

— Génial, parvient-elle cependant à articuler.

Son père lui adresse un sourire confiant.

— Je crois que vous allez très bien vous entendre, toutes les deux.

— Génial.

Son père s'éclaircit la gorge et triture son nœud papillon. Il a l'air emprunté, mal à l'aise. Quant à savoir si c'est le smoking ou la situation…

— Écoute, reprend-il. Ça tombe bien que je te trouve toute seule parce qu'il y a justement quelque chose dont j'aimerais te parler.

Elle se redresse un peu, se raidit, se préparant physiquement à encaisser un choc violent. Elle n'a même pas le temps de jouir pleinement de son soulagement – malgré tout, elle est un peu rassurée qu'il le lui avoue. Elle est trop occupée à se demander comment réagir à la nouvelle du bébé : silence buté ? Fausse surprise ? Incrédulité effarée ? Tant et si bien que, quand il lui assène le coup tant redouté, son visage est aussi expressif qu'un tableau noir qu'on vient d'effacer.

— Charlotte espérait vraiment que nous ferions une petite danse père-fille à la réception, lâche-t-il alors.

Elle s'attendait tellement à autre chose qu'elle ne peut que le regarder bêtement en ouvrant de grands yeux.

Son père lève la main.

— Je sais, je sais, plaide-t-il. Je lui avais bien dit que tu détesterais l'idée, qu'il n'y aurait pas moyen de te convaincre de te ridiculiser devant tout le monde avec ton vieux père…

Il laisse sa phrase en suspens, s'attendant manifestement à ce qu'elle saute sur l'occasion pour en remettre une couche.

— Je suis pas très douée pour la danse, finit-elle par bougonner.

— Je sais, reconnaît-il, avec un sourire entendu. Moi non plus. Mais, pour Charlotte, c'est le grand jour et comme ça semblait lui tenir à cœur, je…

— O.K.

— O.K. ?

— O.K.

— Eh bien, euh… formidable ! s'exclame-t-il, manifestement surpris. (Il se balance sur les talons, radieux, tout fier de cette victoire inattendue.) Charlotte va être aux anges.

— Je suis contente pour elle, maugrée Hadley, incapable d'étouffer cette rancœur qu'on perçoit dans sa voix.

Elle se sent soudain vidée. Ça lui a ôté toute combativité. Elle ne l'a pas volé, après tout. Elle avait voulu ne rien avoir à faire avec sa nouvelle vie ? Eh bien, voilà. Maintenant, il la commençait sans elle.

Mais ce n'est plus seulement Charlotte. Dans neuf mois, il aura un autre enfant, une autre fille peut-être.

Et il ne s'était même pas donné la peine de le lui annoncer.

Ça l'atteint exactement là où il l'avait blessée en quittant la maison, ce même point sensible qui avait saigné quand elle avait entendu parler de Charlotte pour la première fois. Mais, là, sans presque s'en apercevoir, au lieu de la fuir, elle se prend à presque se complaire dans cette douleur.

Après tout, c'est une chose de s'enfuir quand quelqu'un vous poursuit.

C'en est une tout autre de se fuir soi-même.

10

New York : 08 h 17
Londres : 13 h 17

Tard dans la nuit, quand elle avait partagé un paquet de minibretzels avec Oliver dans l'avion, il était resté silencieux, étudiant son profil sans mot dire pendant si longtemps qu'elle avait fini par craquer :

— Quoi ? lui avait-elle balancé, en se tournant brusquement vers lui.

— Qu'est-ce que tu veux être quand tu seras grande ?

Elle avait fait la moue.

— C'est une question pour un gamin de quatre ans.

— Pas forcément. On est tous bien obligés d'être quelque chose un jour ou l'autre.

— Et toi, qu'est-ce que tu veux être ?

Il avait secoué la tête.

— Je t'ai demandé en premier.

— Astronaute… Ballerine.

— Non, sérieusement.

— Tu ne crois pas que je pourrais être astronaute ?

— Tu pourrais être la première ballerine sur la lune.

— Je crois que j'ai encore un peu de temps avant de me décider.

— Exact.

— Et toi ? avait-elle répété, s'attendant à quelque nouvelle pirouette sarcastique, quelque profession de pure fiction inventée pour les besoins de son mystérieux sujet de recherche.

— Je ne sais pas non plus, avait-il répondu à voix basse. Pas avocat, en tout cas.

Elle avait arqué les sourcils.

— C'est ce que fait ton père ?

Il n'avait pas répondu. Il s'était contenté de fusiller du regard le bretzel qu'il tenait à la main.

— Laisse tomber, avait-il fini par lâcher au bout d'un moment. Qui veut penser à l'avenir, de toute façon ?

— Pas moi. J'ai déjà du mal à penser à ce que les heures qui viennent me réservent, alors les années !

— C'est bien pour ça que c'est génial de prendre l'avion. Tu es coincé là où tu es. Tu n'as pas le choix.

Elle lui avait souri.

— Y a pire comme endroit pour se retrouver coincé.

— Oui, y a pire, avait approuvé Oliver, avant d'enfourner le dernier bretzel. En fait, je ne vois même aucun autre endroit où je préférerais être en ce moment.

*
* *

Dans la pénombre du couloir, son père fait les cent pas. Il ne cesse de consulter sa montre et se tord le cou à intervalles réguliers pour lorgner vers l'escalier en attendant que Charlotte veuille bien se montrer. On dirait un ado fiévreux, impatient de voir son rencard arriver. C'est, du moins, ce qu'Hadley se dit. Une idée lui vient alors à l'esprit : peut-être que c'était ce qu'il voulait être, lui, quand il serait grand. Le mari de Charlotte. Le père de son enfant. Un homme qui passe Noël en Écosse et ses vacances d'été dans le sud de la France, qui discute art, politique et littérature en dégustant un plat longuement mitonné arrosé d'un bon vin.

C'est quand même dingue que ça se termine comme ça. Surtout quand on pense qu'il avait été à deux doigts de rester à la maison. Job de rêve ou pas, quatre mois lui avaient paru une si longue absence, à l'époque. Et, si sa femme ne l'avait pas poussé à y aller et ne lui avait dit que c'était la chance de sa vie, qu'il le regretterait s'il laissait passer une occasion pareille… Eh bien, déjà, il ne l'aurait même pas rencontrée, Charlotte, alors. Et voilà où ça les avait menés !

Comme si ces secrètes réflexions lui avaient donné le signal, Charlotte apparaît justement en haut des marches, le rose aux joues, radieuse dans sa jolie robe de mariée. Elle a retiré son voile et ses cheveux auburn tombent en boucles souples sur ses épaules. Elle semble glisser sur le sol directement dans les bras de son époux. Hadley détourne les yeux, quand ils s'embrassent, et se balance d'un pied sur l'autre, soudain mal à l'aise. Son père finit par rompre leur étreinte.

— Je voudrais te présenter ma fille, annonce-t-il à Charlotte avec un grand geste théâtral. Officiellement, j'entends.

Charlotte se tourne alors vers Hadley pour lui adresser un sourire rayonnant.

— Je suis si contente que tu aies pu venir, déclare-t-elle, en l'attirant à elle pour l'embrasser.

Charlotte sent le lilas. Mais ça peut tout aussi bien être son parfum que venir du bouquet qu'elle tient toujours à la main. En reculant d'un pas, Hadley remarque la bague qu'elle a au doigt : au moins deux fois plus grosse que celle de sa mère – qu'elle sort en cachette de sa boîte à bijoux, de temps en temps, et glisse à son pouce pour examiner les petites facettes du diamant, comme si elles détenaient un mystérieux secret : la solution miracle pour résoudre le problème de ses parents, une sorte de talisman.

— Désolée d'avoir mis si longtemps, s'excuse Charlotte, en se retournant vers son époux. Mais on ne fait ses photos de mariage qu'une fois.

170

Hadley se voit d'ici lui faire remarquer que, pour son père, c'est déjà la deuxième. Mais elle réussit à tenir sa langue.

— Ne l'écoute pas, lui dit son père. Elle met autant de temps à se préparer juste pour aller au marché.

Charlotte lui donne une petite tape avec son bouquet.

— Ne serais-tu pas censé te comporter en parfait gentleman, le jour de tes noces ?

Il se penche vers elle pour lui donner un baiser.

— Pour toi, qu'est-ce que je ne ferais pas ?

De nouveau, Hadley se détourne. Elle a l'impression d'être de trop. Elle voudrait pouvoir se faufiler dehors sans qu'ils s'en aperçoivent. Mais Charlotte recommence à lui faire de grands sourires avec une expression qu'elle n'arrive pas vraiment à interpréter.

— Ton père a-t-il eu le temps de te parler de…

— La danse père-fille ? l'interrompt l'intéressé. Oui, je lui en ai parlé.

— Fantastique ! s'exclame Charlotte, en entourant les épaules d'Hadley avec des mines de conspirateur. Je me suis déjà assurée qu'il y aurait des tonnes de glace à la réception… (elle lui fait un clin d'œil) pour quand ton père nous écrasera allégrement les orteils.

Hadley étire vaguement les lèvres en réponse.

— Super.

— Peut-être devrions-nous sortir dire un petit bonjour à tout le monde avant d'être pris par la séance photos, suggère alors son père. Ensuite, toute la noce rentre à l'hôtel pour la soirée, rappelle-t-il à sa fille.

Il ne faut surtout pas oublier de repasser prendre ta valise avant de partir.

— Han-han, marmonne-t-elle, en se laissant guider vers le portail grand ouvert, au bout du long couloir.

Elle a un peu l'impression de marcher comme une somnambule et doit se concentrer pour mettre un pied devant l'autre. *La seule façon de te sortir de là*, se dit-elle, *de ce mariage, de ce week-end, de tout ce cirque, c'est de ne pas t'arrêter.*

— Hé ! (Son père pile juste avant d'atteindre la porte et se penche pour l'embrasser sur le front.) Je suis vraiment content que tu sois là.

— Moi aussi, murmure-t-elle, reprenant sa place derrière le couple, pendant que son père enlace sa jeune épouse, la serrant contre lui pour franchir avec elle le seuil de l'église d'un même pas.

Ils sortent sous les acclamations de la foule et, bien qu'elle sache que tous les yeux sont rivés sur la mariée, Hadley se sent encore beaucoup trop voyante. Alors, elle reste en retrait, jusqu'à ce que son père se retourne à moitié pour lui faire signe de venir les rejoindre.

Scintillant mélange entre nuages et soleil, le ciel est toujours transpercé de flèches d'argent et tous les parapluies ont disparu. Hadley suit bêtement les jeunes mariés tandis que son père serre des mains et que Charlotte distribue les bises, la présentant, de temps à autre, à des gens dont elle ne gardera aucun souvenir, répétant des noms qu'elle entend à peine : Justin, le collègue de son père, et Carrie, la cousine excentrique de Charlotte, les préposées aux bouquets,

172

Aishling et Niamh, la robuste femme du révérend Walker… autant d'acteurs inconnus d'un film qu'elle n'a jamais vu, rassemblés là, sur la pelouse, comme pour lui rappeler tout ce qu'elle ignore de son père et de sa nouvelle vie.

La plupart des invités assisteront, semble-t-il, à la réception de ce soir, mais ils ne sont apparemment pas capables d'attendre jusque-là pour les sempiternels « vœux de bonheur ». Cependant, la joie qui illumine leurs visages finit par devenir contagieuse et, malgré elle, elle ne peut s'empêcher d'être émue par la solennité de ce grand jour. Jusqu'à ce qu'elle aperçoive une femme qui tient son bébé sur la hanche et que cette maudite chape de plomb lui retombe sur les épaules.

— Hadley, l'interpelle soudain son père, en l'entraînant vers un couple de personnes âgées, je voudrais te présenter de très grands amis de la famille de Charlotte, les O'Callaghan.

Elle leur serre la main, en hochant poliment la tête.

— Ravie de vous connaître.

— Voici donc la fameuse Hadley, s'exclame alors M. O'Callaghan. Nous avons tellement entendu parler de toi !

Elle est si surprise qu'elle ne parvient pas à le cacher.

— Vraiment ?

— Évidemment, confirme son père, en lui étreignant l'épaule. Combien de filles crois-tu que j'ai ?

Elle en est encore à le dévisager, ne sachant trop comment réagir, quand Charlotte vient reprendre sa place à côté de son époux pour saluer chaleureusement le vieux couple.

— Nous voulions juste vous féliciter avant de partir, lui annonce Mme O'Callaghan. Nous avons un enterrement, figurez-vous. Mais nous serons de retour pour la réception tout à l'heure.

— Oh ! comme c'est triste ! compatit Charlotte. Je suis réellement navrée. De qui s'agit-il ?

— Un vieil ami de Tom, du temps où il faisait son droit à Oxford.

— C'est terrible, renchérit son père. C'est loin ?

— Paddington, répond M. O'Callaghan.

Hadley pivote vers lui d'un bloc.

— Paddington ?

Il hoche la tête en la regardant d'un air incertain, puis se retourne vers le jeune couple.

— Les obsèques commencent à 14 heures, alors nous ferions mieux d'y aller. Je vous renouvelle mes félicitations, répète-t-il. Il nous tarde d'être à ce soir.

Quand ils partent, Hadley les suit des yeux, le cerveau en ébullition. Le plus ténu des filets de pensée est en train de s'immiscer en elle, faisant petit à petit son chemin. Mais, avant qu'elle n'ait eu le temps de l'attraper, Violette fend la foule pour annoncer que la séance photos va débuter.

— J'espère que tu es prête à sourire jusqu'à en avoir des crampes, prévient-elle Hadley – qui a autant envie de sourire, en ce moment, que de se pendre.

Une fois de plus, elle se laisse pourtant entraîner, aussi malléable qu'un bout de pâte à modeler.

— Ah ! je me disais bien qu'il manquait quelqu'un, plaisante la photographe, quand elle voit les jeunes mariés arriver, aussi serrés l'un contre l'autre que s'ils se croyaient seuls au monde.

Le reste de la noce est déjà rassemblé dans le jardin qui flanque l'édifice, l'endroit même par lequel Hadley est passée pour entrer dans l'église un peu plus tôt. L'une des autres demoiselles d'honneur lui tend un miroir. Elle le lève avec précaution, clignant des yeux devant son reflet, la tête ailleurs, l'esprit à des millions de kilomètres de là.

Elle ignore si Paddington est une ville, un quartier ou même juste une rue. Tout ce qu'elle sait, c'est que c'est là qu'habite Oliver. Elle ferme les yeux, serrant les paupières pour essayer de se rappeler précisément ses paroles dans l'avion. Quelqu'un lui reprend le miroir – qu'elle tenait à peine, tant elle a les mains moites – et elle suit les instructions de la photographe qui pointe du doigt un endroit sur la pelouse où elle se place docilement, tandis que les autres prennent position autour d'elle.

Quand on lui demande de sourire, elle force ses lèvres à s'étirer pour former ce qu'elle espère être l'expression voulue. Mais elle a les yeux qui brûlent tant elle fait d'efforts pour tenter de mettre un peu d'ordre dans ses idées. Le seul souvenir qui lui revient est celui d'Oliver à l'aéroport, avec ce porte-habits jeté sur l'épaule.

Avait-il jamais dit qu'il se rendait à un mariage, en fait ?

« Clic ! clac ! » L'appareil photo s'enclenche et la pellicule tourne avec un petit ronronnement pendant que la photographe place les membres du cortège nuptial selon différentes combinaisons : le groupe entier, les femmes seulement, et puis les hommes seulement, et puis différentes variations avec les membres de la famille, dont la plus gênante de toutes où Hadley se retrouve coincée entre son père et sa nouvelle belle-mère. Impossible de savoir comment elle fait pour passer d'une position à l'autre. Elle est pourtant là où il faut, grimaçant un sourire si rayonnant qu'elle en a mal aux joues, pendant que son cœur coule à pic comme une pierre.

C'est lui ! comprend-elle subitement, dans le crépitement du flash. *C'est le père d'Oliver !*

Elle ne peut rien affirmer, bien sûr, mais, dès qu'elle a relié les points, qu'elle a mis des mots sur ces pensées informes qui lui trottent dans la tête, elle est soudain persuadée que c'est vrai.

— Papa, souffle-t-elle.

D'où il se tient, là, juste à côté d'elle, son père bouge imperceptiblement la tête, sans cesser de sourire.

— Oui ? répond-il entre ses dents.

Charlotte lui jette un coup d'œil en coin, avant de recommencer à fixer l'objectif.

— Il faut que j'y aille.

Cette fois, son père se tourne carrément vers elle. La photographe se redresse et fronce les sourcils.

— Vous ne devez pas bouger, leur rappelle-t-elle.

— Un instant, lui lance-t-il, le doigt levé. Que tu ailles où ? demande-t-il à sa fille.

Tout le monde la regarde, maintenant : la fleuriste, qui essaie d'empêcher les bouquets de faner, les autres demoiselles d'honneur, qui assistent aux photos de famille en coulisse, l'assistante de la photographe, avec son bloc-notes… Un bébé pousse soudain un tel hurlement qu'au sommet de la statue, les trois pigeons s'envolent. Oui, tout le monde la regarde. Mais elle s'en fiche. Parce que l'idée qu'Oliver – qui a passé la moitié du vol à l'écouter se plaindre de ce mariage comme si c'était la tragédie du siècle – puisse être, à l'instant même, en train de se rendre à l'enterrement de son père est presque plus qu'elle ne peut supporter.

Personne ici ne comprendra. Ça, du moins, elle le sait. Elle n'est pas très sûre de comprendre elle-même. Il faut pourtant qu'elle se décide, et vite. C'est un peu comme si quelque chose s'était mis en mouvement, quelque chose de lent mais d'inexorable. Chaque fois qu'elle ferme les yeux, il réapparaît : Oliver, le regard lointain, lui racontant, d'une voix sourde, l'histoire de la petite veilleuse bleue.

— C'est juste que…, hasarde-t-elle, avant de laisser une nouvelle fois sa phrase en suspens. J'ai un truc à faire.

Son père lève les mains en l'air en jetant un regard circulaire, manifestement incapable d'imaginer ce que ça peut bien être.

— *Maintenant ?* s'étrangle-t-il d'une voix tendue. Que peux-tu bien avoir à faire en ce moment précis ? À *Londres ?*

Charlotte les observe, bouche bée.

— Je t'en prie, papa, plaide-t-elle doucement. C'est important.

Il secoue la tête.

— Je ne crois pas…

Mais elle recule déjà.

— Je serai revenue pour la réception, je te promets, lui assure-t-elle. Et j'ai mon portable.

— Mais où diable vas-tu ?

— Tout ira bien, s'efforce-t-elle de le tranquilliser, tout en continuant à reculer, même si ce n'est manifestement pas la réponse qu'il attend.

Elle lui fait un petit signe de la main en atteignant la porte de l'église. Tout le monde la regarde toujours comme si elle avait complètement perdu la tête – et peut-être bien que c'est le cas. Mais il faut qu'elle en ait le cœur net. Elle empoigne la clenche, risque un ultime coup d'œil vers son père – les poings sur les hanches, le front plissé, il a l'air furax. Elle agite une dernière fois la main, puis entre dans l'église, laissant la porte se refermer derrière elle.

Le silence et le calme lui font l'effet d'une gifle. Elle se fige, le dos plaqué contre la pierre froide du mur, s'attendant à ce que quelqu'un – son père ou Charlotte, l'organisatrice ès mariages ou une délégation de demoiselles d'honneur – débarque d'une seconde à l'autre pour venir la chercher. Mais personne ne vient. Elle doute fort que ce soit parce que son père a compris. Comment pourrait-il ? Non, ce qui est beaucoup plus plausible, c'est qu'il ne se rappelle plus comment jouer ce rôle-là. C'est une chose d'être celui qui appelle à Noël ; c'en est une autre de faire la leçon à son ado de fille devant tous ses proches, surtout quand on ne connaît plus trop les règles et qu'on ne sait plus trop où on en est avec elle.

Elle s'en veut de profiter de lui comme ça, à plus forte raison le jour de son mariage. Mais c'est comme si elle avait changé de focale : son objectif est parfaitement clair maintenant.

Tout ce qu'elle veut, c'est retrouver Oliver.

Une fois en bas, elle se rue sur la salle de classe où elle a laissé ses bagages. En passant, elle surprend son reflet dans la glace. Elle a l'air si jeune, si pâle, si peu sûre d'elle. Déjà, elle sent sa résolution fondre comme neige au soleil. Peut-être qu'elle s'est fait un film. Peut-être qu'elle s'est complètement plantée pour le père d'Oliver. Elle n'a aucune idée de l'endroit où elle va, et il y a de grandes chances pour que son père à elle ne lui pardonne jamais de lui avoir fait un plan pareil.

Mais, quand elle attrape son porte-monnaie, la serviette en papier d'Oliver tombe par terre, et elle se prend à sourire en se penchant pour la ramasser, caressant du pouce le petit canard qu'il a dessiné, avec ses baskets et sa casquette de base-ball.

Peut-être qu'elle commet une *grosse* erreur.

Mais c'est avec Oliver qu'elle veut être et il n'y a toujours aucun autre endroit au monde où elle préférerait se trouver à l'heure qu'il est.

11

New York : 09 h 00
Londres : 14 h 00

Hadley a déjà franchi la porte et traversé la rue, quand elle se rend compte qu'elle ne sait absolument pas où elle va. Deux heures sonnent au clocher derrière elle. Un énorme bus rouge la double. Surprise, elle recule d'un bond, puis, subitement, se met à courir pour le rattraper. Même sans sa valise – qu'elle a laissée à l'église –, elle est encore trop lente et, quand elle arrive au coin de la rue, le bus a déjà quitté l'arrêt.

Le souffle court, elle se plie en deux pour loucher sur le plan affiché derrière une épaisse plaque de verre. Mais ce n'est qu'un incompréhensible enchevêtrement de lignes de toutes les couleurs ponctuées de noms inconnus. Elle l'examine désespérément en se mordant la lèvre. Il doit bien exister un code pour déchiffrer ce casse-tête chinois... C'est alors qu'elle aperçoit Paddington dans le coin supérieur gauche.

Ça n'a pas l'air trop loin, mais bon, ce n'est pas évident de se faire une idée de l'échelle. Pour ce qu'elle en sait, ça peut tout aussi bien se trouver à des kilomètres qu'à deux pâtés de maisons. Ce plan n'est pas assez détaillé pour prendre des repères et elle n'a toujours aucune idée de la manière dont elle va se débrouiller une fois là-bas. La seule chose dont elle se souvient, c'est qu'Oliver a mentionné une statue devant l'église. Il avait même dit que ses frères et lui se prenaient régulièrement un savon parce qu'ils s'amusaient toujours à grimper dessus. Elle réexamine le plan. Combien d'églises peut-il bien y avoir dans ce petit bout de Londres ? Combien de statues de la Vierge ?

De toute façon, quelle que soit la distance, elle n'a que dix livres sur elle et, à en juger par le prix du transfert en taxi de l'aéroport, elle atteindra à peine la boîte aux lettres au bout de la rue avec ça. Et ce maudit plan qui refuse toujours de lui livrer son secret ! Bon, la meilleure chose à faire est sans doute d'interroger tout simplement le chauffeur du prochain bus qui passe. Il saura bien l'orienter dans la bonne direction. Il ne reste plus qu'à l'espérer, en tout cas. Mais, après plus de dix minutes d'attente sans voir le moindre bus arriver, elle fait une nouvelle tentative pour déchiffrer le trajet des lignes, en tambourinant des doigts sur la vitre avec une manifeste impatience.

— Vous savez c'qu'on dit, hein ? lui balance alors un type en maillot de foot.

Elle se redresse, prenant soudain affreusement conscience de sa tenue : elle est bien trop habillée pour traverser Londres en bus.

Comme elle ne répond pas, le type continue :

— On attend des siècles et « hop ! » y en a deux qu'arrivent d'un coup.

— Est-ce que je suis au bon arrêt pour aller à Paddington ? lui demande-t-elle.

— Paddington ? Ouais, pile-poil.

Quand le bus arrive, le type lui adresse un sourire encourageant : plus la peine d'interroger le chauffeur. Elle monte directement et se plante près de la vitre. Elle regarde au-dehors pour essayer de se repérer. Comment va-t-elle savoir quand elle sera arrivée puisque les arrêts portent des noms de rue et non de quartier ? Au bout d'un bon quart d'heure à regarder le paysage défiler, elle finit par trouver le courage de tituber jusqu'à l'avant du bus pour demander quel est son arrêt.

— Paddington ? fait le chauffeur, avec un sourire grimaçant – qui lui offre un assez joli aperçu de sa grosse dent en or sur le devant. Z'êtes carrément dans l'mauvais sens !

Hadley laisse échapper un grognement.

— Pourriez-vous me dire comment aller « carrément » dans le bon sens ?

Il la laisse à Westminster avec des indications pour se rendre à Paddington en métro. Elle a un temps d'arrêt sur le trottoir. Elle ne sait pas pourquoi, elle lève les yeux au ciel. Et qu'est-ce qu'elle voit ? Un avion qui passe au-dessus d'elle. Rien que ça, elle se sent tout de suite mieux. Elle se retrouve brusquement dans le siège 18-A, à côté d'Oliver, suspendue au-dessus de l'océan, avec, autour d'elle, juste l'obscurité et le néant.

Et, là, à l'angle de cette rue inconnue, elle est frappée par ce que cette rencontre a de miraculeux. Non mais imagine deux secondes qu'elle ne l'ait pas raté, cet avion ! Ou qu'elle ait voyagé pendant toutes ces heures auprès de quelqu'un d'autre, un parfait étranger qui, même après tous ces kilomètres parcourus côte à côte, le serait resté. À la seule idée que leurs chemins auraient tout aussi bien pu *ne jamais* se croiser, elle en a le souffle coupé. Comme quand on passe à ça d'un accident sur l'autoroute. Et elle ne peut que s'émerveiller de ce que toute cette histoire a de purement aléatoire. Comme tout survivant sauvé par un caprice du hasard, elle éprouve un brusque élan de gratitude, moitié montée d'adrénaline, moitié bouffée d'espoir.

Elle se fraie un chemin à travers les rues bondées de Londres, à l'affût de tout ce qui pourrait ressembler à une bouche de métro. C'est dingue ce que cette ville est tordue et alambiquée, pleine d'avenues sinueuses et de ruelles tortueuses, comme quelque gigantesque labyrinthe victorien. Par ce beau samedi après-midi, les trottoirs sont envahis de gens portant des sacs de courses, manœuvrant des poussettes, promenant leur chien et courant à petites foulées pour aller faire leur jogging au parc. Elle dépasse un garçon qui porte la même chemise bleue qu'Oliver et, rien que de le voir, son cœur s'emballe.

Pour la première fois, elle regrette de n'être jamais venue rendre visite à son père, ne serait-ce que pour ça : ces édifices chargés d'histoire, ces kiosques sur les trottoirs, ces cabines téléphoniques rouges, ces églises de pierre et ces taxis noirs. Tout semble si vieux, dans cette ville, mais elle a tellement de caractère, en même temps, tellement de charme ! On dirait un décor de cinéma. Et, si elle n'était pas en train de courir d'un mariage à un enterrement, si elle n'était pas si nouée, si chaque fibre de son corps ne brûlait pas de voir Oliver, peut-être qu'elle aimerait même s'y attarder un moment.

Quand elle aperçoit enfin le rond bleu et rouge qui signale une bouche de métro, elle fonce dessus et descend l'escalier aussi vite que ses échasses le lui permettent, clignant des yeux dans la pénombre souterraine. Mais, lorsqu'elle se retrouve devant la machine qui vend les tickets, elle perd un temps fou à comprendre comment ça marche et l'agitation des gens qui s'impatientent dans la queue n'arrange rien. Finalement, une dame – qui ressemble un peu à la reine d'Angleterre – la prend en pitié, lui expliquant d'abord quelles options choisir avant de la pousser gentiment sur le côté pour le faire à sa place.

— Tenez, mon petit, lui dit-elle, en lui tendant son ticket. Et bon voyage !

Le conducteur du bus l'avait prévenue : elle serait probablement obligée de faire un changement. Cependant, d'après ce qu'elle voit sur le plan du métro, elle peut y aller directement par la ligne circulaire. Il y a un bandeau lumineux qui annonce le passage du prochain train dans six minutes. Alors elle se faufile dans un étroit espace libre sur le quai pour attendre qu'il arrive.

Son regard erre sur les panneaux publicitaires pendant qu'elle écoute les accents autour d'elle – pas seulement britanniques, mais aussi français et italiens, et d'autres qu'elle ne reconnaît même pas. Il y a là un policier qui porte un drôle de casque d'un autre âge et un type qui joue avec un ballon de football, le faisant passer d'une main dans l'autre. Quand une petite fille se met à pleurer, sa mère se plie en deux pour la faire taire – elle parle une langue bizarre, un truc dur et guttural. Du coup, la gamine éclate en sanglots.

Personne ne la regarde, absolument personne. Elle ne s'est pourtant jamais sentie aussi voyante de toute sa vie : trop petite, trop américaine, trop seule et trop larguée.

Elle ne veut pas penser à son père ni au mariage qu'elle a laissés derrière elle et n'est pas très sûre de vouloir penser à Oliver non plus, ni à ce qu'elle pourrait bien découvrir quand elle le trouvera. Encore quatre minutes avant l'arrivée du prochain train et elle a déjà la tête comme une grosse caisse. L'étoffe soyeuse de sa robe la colle dix fois trop et la femme à côté d'elle est dix fois trop près. Elle fronce le nez : cet endroit sent le renfermé, l'humidité et le moisi, une odeur aigre de fruit qui pourrit dans un cagibi.

Elle ferme les yeux et se remémore les conseils de son père, dans l'ascenseur, à Aspen. Les murs s'écroulent alors autour d'elle comme des châteaux de cartes et elle imagine le ciel par-delà la voûte de la station, au-dessus du trottoir, surplombant les étroits bâtiments. Il y a une sorte de mode opératoire dans ce genre de stratégie d'adaptation. C'est comme un rêve qui se répète nuit après nuit, toujours le même tableau : quelques petits nuages vaporeux comme une traînée de peinture blanche sur une toile bleue. Mais, là… ça alors ! Il y a quelque chose de nouveau dans l'image qui apparaît derrière ses paupières, quelque chose qui traverse l'azur, tout droit sorti de son imagination : un avion.

Elle rouvre les yeux, tirée de sa rêverie par un boucan d'enfer : le train sort du tunnel à tombeau ouvert.

Elle ne sait jamais si les choses sont aussi petites qu'elle les voit ou si c'est juste son angoisse qui les ratatine. C'est vrai que les stades lui paraissent souvent à peine plus grands que des gymnases, quand elle y repense. Et, dans son esprit, les palaces ressemblent à de modestes appartements par le seul effet du nombre de gens entassés dedans. Alors difficile d'affirmer si c'est le *tube* londonien qui est effectivement plus petit que le *subway* de chez elle – qu'elle a pris des milliers de fois, avec un calme très relatif – ou si c'est le poids qu'elle a sur la poitrine qui lui donne des allures de train électrique.

À son grand soulagement, elle trouve une place en bout de rang et, à peine assise, referme aussitôt les yeux. Mais ça ne marche pas. Comme le métro s'ébranle pour sortir de la station, elle se souvient du livre qu'elle a dans son sac. Elle s'en empare aussitôt, trop heureuse de trouver de quoi la distraire de son obsession. Elle passe le pouce sur les lettres gravées sur la couverture avant de l'ouvrir.

Quand elle était petite, elle avait l'habitude de se faufiler dans le bureau de son père, à la maison. Il était tapissé de bouquins du sol au plafond : de livres de poche qui partaient en charpie et de livres reliés qui craquaient aux entournures, entassés sur des étagères. Elle n'avait que six ans la première fois qu'il l'avait trouvée, assise dans son fauteuil, son éléphant en peluche dans les bras et un exemplaire d'*Un chant de Noël* de Dickens sur les genoux, plongée dans la lecture avec autant de concentration que si elle s'apprêtait à en faire le sujet de sa thèse.

— Qu'est-ce que tu lis ? lui avait-il demandé, en s'appuyant de l'épaule contre le montant de la porte et en ôtant ses lunettes.

— Une histoire.

— Ah oui ? Quelle histoire ?

— C'est sur une petite fille et son éléphant, lui avait-elle répondu sans se démonter.

Il s'était efforcé de ne pas rire.

— Vraiment ?

— Oui. Et ils partent en voyage tous les deux, à vélo. Mais, après, l'éléphant s'enfuit et elle pleure si fort que quelqu'un lui donne une fleur.

Son père avait traversé la pièce et d'un seul mouvement l'avait soulevée du fauteuil. Cramponnée à son petit livre, elle s'était alors retrouvée, comme par miracle, sur ses genoux.

— Que se passe-t-il ensuite ? lui avait-il encore demandé.

— L'éléphant la retrouve.

— Et après ?

— Il gagne un *cupcake*. Et ils vécurent heureux et eurent beaucoup d'enfants.

— Voilà qui m'a l'air d'une bien belle histoire.

Elle avait serré le vieil éléphant élimé contre elle.

— Oh oui !

— Veux-tu que je t'en lise une autre ? lui avait-il proposé, en lui prenant doucement le livre des mains pour l'ouvrir à la première page. C'est un conte de Noël.

Elle s'était blottie contre la caressante flanelle de sa chemise et il avait commencé sa lecture.

Ce n'était pas tant l'histoire qu'elle aimait. Elle ne comprenait pas la moitié des mots et se perdait souvent dans le dédale des phrases. C'était le son rocailleux de la voix de son père, ces drôles d'accents qu'il prenait pour chaque personnage. Et puis il la laissait tourner les pages. Chaque soir, après dîner, ils lisaient tous les deux dans la quiétude de son bureau silencieux. Parfois, sa mère s'encadrait dans la porte, un torchon à la main, pour écouter, un demi-sourire aux lèvres. Cependant, la plupart du temps, c'était juste elle et son père.

Même quand elle était devenue assez grande pour lire toute seule, ils s'attaquaient encore aux grands classiques ensemble, d'*Anna Karénine* aux *Raisins de la colère*, en passant par *Orgueil et Préjugés*, comme de grands voyageurs parcourant le monde à la découverte de nouveaux territoires, laissant des trous dans la bibliothèque qui prenait des allures de géant édenté.

Et, plus tard, quand il avait commencé à devenir évident qu'elle s'intéressait plus à l'entraînement de foot et aux pauses téléphone âprement négociées qu'à Jane Austen ou Walt Whitman, quand l'heure de lecture avait rétréci de moitié et que, chaque soir, on remettait au lendemain, ce n'était déjà plus très important. Les histoires faisaient *déjà* partie d'elle. Elles lui tenaient au corps comme un bon repas, s'épanouissaient en elle comme les fleurs dans un jardin. Elles étaient aussi profondément ancrées en elle, la définissaient tout autant que n'importe quel autre trait que son père lui avait transmis : le bleu de ses yeux, le blond paille de ses cheveux, les petites taches de rousseur qui lui éclaboussaient le nez.

Il lui arrivait souvent de revenir à la maison avec des livres qu'il lui offrait, pour Noël ou pour son anniversaire, ou même sans raison particulière. Certains étaient des éditions originales dorées sur tranches, d'autres de vieux bouquins de poche bradés à un ou deux dollars au coin de la rue. Ça exaspérait toujours sa mère, surtout quand c'était un nouvel exemplaire d'un livre qu'il possédait déjà.

— Cette maison est à deux dictionnaires de s'écrouler et tu les achètes encore en double ! pestait-elle.

Mais Hadley comprenait, elle. Il ne s'agissait pas pour elle de les lire tous. Un jour, peut-être, elle le ferait, mais, sur le moment, c'était plutôt l'intention qui comptait. Il lui donnait ce qu'il y avait de plus important à ses yeux et de la seule façon qu'il savait le faire. Il était professeur, un amoureux des livres, et il lui constituait une bibliothèque comme d'autres construisent une maison à leur fille.

Alors, quand, après tout ce qui s'était passé, il lui avait donné ce vieil exemplaire usé de *L'Ami commun*, ce jour-là, à Aspen, il y avait eu, dans ce geste, quelque chose de si familier… Elle n'avait toujours pas digéré son départ et réagissait à tout ce qui le lui rappelait comme une écorchée vive. Le côté symbolique de ce don n'avait fait que retourner le couteau dans la plaie. Elle avait donc réagi du mieux qu'elle le pouvait : elle l'avait carrément ignoré, comme elle savait si bien le faire.

Mais, maintenant, alors que le métro serpente sous les rues de Londres, elle se rend compte qu'elle est super contente de l'avoir emporté. Ça fait des années qu'elle n'a pas lu Dickens. D'abord, parce qu'elle a eu autre chose à faire – mieux à faire – et ensuite, par résistance passive sans doute, pour marquer le coup avec son père.

Les gens prétendent que les livres sont un moyen d'évasion, mais, en l'occurrence, c'est plutôt une bouée de sauvetage. Tandis qu'elle le feuillette, le reste semble se fondre dans le décor : les coups de coude, les coups de sac, la femme en tunique qui se ronge les ongles, les deux ados avec la musique à fond dans le casque, et même cet homme qui joue du vio-lon à l'autre bout du wagon, l'air aigu de son crincrin

191

se frayant un chemin à travers la foule des passagers blasés. Sa tête est brinquebalée par les secousses du train, mais elle garde les yeux rivés aux mots sur la page comme une patineuse artistique prend un point de repère quand elle exécute une vrille et, grâce à lui, retrouve l'équilibre.

Alors qu'elle passe d'un chapitre à l'autre, elle oublie qu'elle a pu, un jour, seulement envisager de le rendre, ce bouquin. Les mots ne sont pas de son père, forcément, mais il est quand même là, dans ces pages, et ce souvenir réveille quelque chose en elle.

Juste avant d'arriver à sa station, elle interrompt sa lecture pour tenter de se remémorer la phrase soulignée qu'elle avait découverte, un peu plus tôt, dans l'avion. Alors qu'elle tourne les pages, les survolant des yeux à la recherche d'un trait d'encre noire, elle tombe sur une autre.

« Et Ô il y a des jours sur cette terre qui valent la peine de vivre et la peine de mourir ! » Elle relève les yeux, un nœud au creux de la poitrine.

Ce matin encore, ce fichu mariage lui avait semblé ce qui pouvait exister de pire au monde. Mais, maintenant, elle se rend compte qu'il peut y avoir des cérémonies beaucoup plus sinistres et que des choses beaucoup plus graves peuvent se produire à n'importe quel moment. Et, tandis qu'elle quitte le wagon avec les autres passagers, passant devant les mots « Paddington Station » écrits en carrelage sur le mur, elle espère qu'elle s'est trompée et que ce qu'elle va bientôt découvrir n'a rien à voir avec ce qu'elle s'est imaginé.

12

New York : 09 h 54
Londres : 14 h 54

Dehors, les rues sont encore mouillées et la chaussée, vernissée par la pluie, mais le soleil est enfin sorti de sa cachette. Hadley tourne sur elle-même pour essayer de se repérer. Elle enregistre la pharmacie avec sa devanture blanche, le magasin d'antiquités, l'enfilade d'immeubles qui s'étire d'un bout à l'autre de la rue. Un groupe d'hommes en polo de rugby sort d'un pub, le regard flou. Quelques femmes la frôlent sur le trottoir avec leurs sacs de courses.

Elle regarde sa montre. Presque 15 heures et elle n'a toujours pas la moindre idée de ce qu'elle doit faire, maintenant qu'elle est arrivée. Il n'y a apparemment pas d'agent de police dans les parages, pas d'office de tourisme ni de point info, pas de librairie ni de cybercafé. C'est comme si elle avait été parachutée dans la jungle londonienne sans carte ni boussole, un genre de jeu de piste totalement improvisé pour un show de téléréalité à petit budget.

Choisissant une direction au hasard, elle décide de descendre la rue. Si seulement elle avait pensé à changer de chaussures avant de sécher le mariage ! Il y a un *fish'n'chips* à l'angle et, rien qu'à l'odeur, son estomac gargouille. La dernière fois qu'elle a mangé, c'était... eh bien, ce petit sachet de bretzels dans l'avion. Et la dernière fois qu'elle a dormi, c'était juste avant. Elle ne demanderait pas mieux que de se rouler en boule quelque part pour faire une petite sieste, là, tout de suite. Mais, boostée par un étrange mélange d'angoisse et d'impatience, elle continue quand même.

Dix minutes – et deux ampoules naissantes – plus tard, elle n'a toujours pas vu la moindre église. Elle passe la tête par la porte d'une librairie pour demander si quelqu'un connaîtrait une statue de la Vierge. Mais le type la regarde si bizarrement qu'elle recule aussitôt sans même attendre sa réponse.

Le long de l'étroit trottoir se succèdent une boucherie avec d'énormes morceaux de viande pendus dans la vitrine, un magasin de fringues avec des mannequins perchées sur des talons encore plus vertigineux que les siens, des pubs, des restaurants et même une bibliothèque qu'elle prend d'abord pour une chapelle. Cependant, elle a beau faire tout le tour du quartier, il ne semble toujours pas y avoir une seule église en vue, pas le moindre clocher, pas la moindre flèche, jusqu'à ce que soudain... là !

En débouchant d'une ruelle, elle repère un étroit édifice de pierre de l'autre côté de la chaussée. Sur le coup, elle hésite, clignant des yeux comme devant un mirage, et puis, regonflée par cette apparition inespérée, elle se rue à l'assaut. C'est alors que les cloches se mettent à carillonner. *Beaucoup trop joyeux pour la circonstance*, se dit-elle. Et puis les portes s'ouvrent et une noce se répand sur les marches.

Elle ne s'était pas rendu compte qu'elle retenait son souffle, mais, tout à coup, elle respire. Elle attend que les taxis veuillent bien la laisser passer et elle traverse la rue pour s'assurer de ce qu'elle sait déjà : pas d'obsèques, pas de statue, pas d'Oliver.

Pourtant, elle semble avoir du mal à s'arracher à ce spectacle. Elle reste plantée là, à regarder ce mariage pas très différent de celui auquel elle vient d'assister : les petites filles avec leurs bouquets, les demoiselles d'honneur, les flashes des appareils photo qui crépitent, les amis et la famille tout sourire… Les cloches ont fini de sonner et le soleil commence à descendre. Pourtant, elle ne bouge toujours pas. Au bout d'un long moment, elle finit par sortir son portable de son sac. Puis elle fait ce qu'elle fait toujours quand elle est perdue : elle appelle sa mère.

Sa batterie est presque à plat et ses doigts tremblent quand elle compose le numéro. Elle a tellement besoin d'entendre sa voix ! Elle n'arrive même pas à imaginer qu'elles aient pu se disputer, la dernière fois qu'elles se sont parlé, et encore moins que c'était seulement… *hier soir* ! Le hall des départs de l'aéroport de New

York lui paraît si loin. Dans une autre dimension. Une autre vie.

Elles ont toujours été très proches, avec sa mère. Mais, après le départ du « Professeur », quelque chose avait changé. Elle avait la rage. Elle était trop-trop en colère, plus qu'elle n'aurait cru possible de l'être. Mais sa mère... sa mère était juste brisée. Pendant des semaines, elle avait erré comme un zombie, les yeux rouges, le pas lourd, ne revenant à la vie que lorsque le téléphone sonnait, le corps vibrant comme un diapason, attendant fébrilement d'entendre enfin « papa » lui dire qu'il avait changé d'avis, qu'il revenait.

Mais il n'était jamais revenu.

Au cours des semaines qui avaient suivi ce fameux Noël, elles avaient inversé les rôles : c'était elle qui préparait à dîner à sa mère tous les soirs, lui apportait ses repas, n'en dormait plus de l'entendre pleurer toutes les nuits et veillait à ce qu'elle ait toujours une boîte de Kleenex bien remplie sur sa table de nuit.

C'était bien ça le plus injuste de l'histoire : le mal que son père avait fait, il ne l'avait pas seulement fait à sa mère et à lui, et il ne l'avait pas seulement fait à elle et à lui, il l'avait fait à sa mère et à elle aussi, transformant leur aimable routine en quelque chose de fragile et de compliqué, quelque chose qui, à tout moment, pouvait voler en éclats. Il lui avait alors semblé que rien ne redeviendrait plus jamais comme avant, que, telles deux boules de flipper, elles étaient condamnées à ricocher de colère en chagrin, avant de tomber dans ce trou qu'il avait laissé en quittant la maison, assez grand pour les engloutir tout entières.

Et puis, un beau jour, d'un coup, comme ça, terminus : tout le monde descend.

Il s'était écoulé environ un mois quand, un matin, sa mère s'était encadrée dans la porte de sa chambre, affublée de ce qui était devenu son uniforme habituel : sweat à capuche et pantalon de pyjama en flanelle de « papa », bien trop long et bien trop grand pour elle.

— Ça suffit, avait-elle déclaré. On s'en va.

Hadley avait froncé les sourcils.

— Hein ?

— Fais tes bagages, ma fille, lui avait-elle ordonné. (Elle avait l'air presque redevenue comme avant, subitement.) Nous partons nous promener.

On était fin janvier et l'atmosphère, dehors, était aussi déprimante que l'ambiance, dedans. Mais, le temps qu'elles arrivent en Arizona, elle avait déjà pu constater que quelque chose commençait à se dénouer chez sa mère : ce truc qui, chez elle, s'était refermé, serré à mort, qui s'était roulé en boule comme un hérisson à l'intérieur. Elles avaient passé un long week-end dans un club de vacances, au bord de la piscine, prenant des couleurs et blondissant au soleil. Le soir, elles regardaient des films en mangeant des burgers et jouaient au golf miniature et, bien qu'elle se soit constamment attendue à voir sa mère s'effondrer, tomber le masque, fondre en larmes et se noyer dedans, comme elle le faisait depuis des semaines, tout s'était bien passé. Elle s'était même dit que, si c'était ça leur nouvelle vie – juste un long week-end entre filles –, peut-être que ce ne serait pas si dramatique que ça, finalement.

C'était seulement en arrivant qu'elle avait compris le véritable but de cette petite escapade. Elle l'avait senti dès qu'elles avaient mis le pied dans la maison. Comme cette électricité qui flotte encore dans l'air après l'orage.

Son père était venu.

La cuisine était toute froide, encore plongée dans la pénombre, et elles étaient restées sans bouger sur le seuil à estimer les dégâts. C'étaient les petits trucs qui l'avaient le plus frappée, pas les disparitions flagrantes, comme les manteaux sur les patères près de la porte du jardin ou la couverture de laine jetée sur le canapé dans la pièce d'à côté, mais tous ces petits espaces vides : le pot en céramique qu'elle lui avait fait en atelier de poterie, la photo encadrée de ses parents posée sur le buffet, la place vide laissée par sa tasse dans le placard. On aurait dit une scène de crime, comme si on avait piqué tous les objets de valeur dans la maison. Sa première pensée avait été pour sa mère.

Mais, dès qu'elle s'était tournée vers elle, Hadley avait compris : elle était au courant.

— Pourquoi tu ne m'as rien dit ?

Sa mère était alors dans le salon. Elle laissait courir ses doigts sur les meubles avec une sorte de tendresse mêlée de détachement, comme si elle faisait le bilan.

— J'ai pensé que ce serait trop dur.

— Trop dur pour qui ? lui avait-elle rétorqué, des éclairs dans les yeux.

Sa mère n'avait pas répondu. Elle s'était contentée de la regarder calmement, avec un stoïcisme qui semblait autoriser tous les éclats. Ç'avait alors été à son tour d'être secouée, à son tour de craquer.

— Nous avons pensé que ce serait trop dur pour toi d'assister à… ça, avait renchéri sa mère. Il aurait voulu te voir, mais pas dans de telles circonstances. Pas le jour où il venait chercher ses affaires.

— C'est moi qui ai tout tenu à bout de bras, avait-elle protesté. C'est à moi de décider ce qui est trop dur ou pas.

— Hadley, avait soupiré sa mère, en s'avançant vers elle.

Mais elle avait reculé.

— Non, avait-elle soufflé, en ravalant ses larmes.

Et c'était vrai. Pendant tout ce temps, c'était elle qui avait tout tenu à bout de bras. Pendant tout ce temps, c'était elle qui les avait forcées à continuer, toutes les deux. Mais, là, elle sentait qu'elle était en train de se morceler, qu'elle allait finir en pièces détachées. Quand sa mère l'avait finalement blottie contre elle, tout ce qu'elle avait systématiquement effacé des événements du mois précédent avait resurgi avec une netteté stupéfiante, et, pour la première fois depuis le départ de son père, elle avait senti la colère en elle s'apaiser pour laisser place à un chagrin si gigantesque qu'elle ne parvenait pas à imaginer quoi que ce soit au-delà. Elle avait enfoui son visage au creux de l'épaule maternelle, et elles étaient restées comme ça, longtemps, longtemps, pendant que, dans les bras de maman, Hadley versait à gros sanglots ininterrompus un mois de larmes contenues.

Un mois et demi après, elle allait retrouver « Le Professeur » à Aspen pour leurs vacances de neige, et sa mère l'accompagnait à l'aéroport, avec ce même calme mesuré qui semblait l'avoir envahie désormais, cette espèce de paix intérieure aussi fragile qu'inespérée. Elle ne saurait jamais si c'était l'effet Arizona – le violent contraste, le soleil permanent – ou la confrontation brutale avec la réalité : ce qu'il y avait de définitif et d'irréversible dans la disparition des affaires de son père, mais quelque chose avait changé.

Une semaine plus tard, elle commençait à avoir mal aux dents.

« Trop de bonbons dans le minibar ? » avait ironisé sa mère, en la conduisant chez le dentiste, cet après-midi-là, alors qu'elle se tenait la joue en la maudissant intérieurement.

Leur ancien praticien avait pris sa retraite peu après son dernier rendez-vous et le nouveau était un homme d'une cinquantaine d'années qui perdait ses cheveux et portait une blouse amidonnée. Il avait l'air gentil. Quand il avait passé la tête à l'angle de la salle d'attente pour l'appeler, elle avait bien vu qu'il écarquillait légèrement les yeux en apercevant sa mère, laquelle, plongée dans ses mots croisés – trouvés dans un magazine pour enfants –, se félicitait de ses trouvailles, bien qu'Hadley lui ait fait remarquer que « c'était du niveau CE2 ». Le dentiste avait lissé le devant de sa chemise et s'était avancé dans la pièce.

— Je suis le docteur Doyle, avait-il déclaré, en lui tendant la main, sans quitter sa mère des yeux, laquelle avait levé la tête pour lui adresser un vague sourire.

— Kate, s'était-elle spontanément présentée. Et voici Hadley.

Quelque temps plus tard, sa carie ayant été dûment obturée, le docteur Doyle l'avait raccompagnée dans la salle d'attente – ce que son ancien dentiste ne faisait jamais.

— Alors ? avait demandé sa mère, en se levant. Comment cela s'est-il passé ? A-t-elle été bien sage ? Mérite-t-elle une sucette pour sa peine ?

— Euh… nous essayons de ne pas trop encourager la consommation de sucreries ici…

— Oh ! c'est pas un problème, s'était-elle empressée d'intervenir, en foudroyant sa mère du regard. Elle dit ça pour rire.

— Eh bien, merci beaucoup, docteur, avait repris sa mère, en attrapant son sac et en entourant les épaules de sa fille. Avec un peu de chance, nous ne vous reverrons pas de sitôt.

À ces mots, le malheureux dentiste avait changé de figure. Jusqu'à ce que sa mère lui adresse un méga sourire dentifrice.

— Du moins, pas si nous nous brossons les dents régulièrement et faisons bon usage du fil dentaire, n'est-ce pas ?

— Tout à fait, avait-il répondu avec un petit rictus figé, en les regardant partir.

Quelques mois plus tard, quand les papiers du divorce avaient été rangés, que sa mère avait semblé retomber dans une espèce de routine à peu près normale et qu'Hadley s'était réveillée en pleine nuit avec une rage de dents carabinée, le docteur Harrison Doyle avait fini par trouver le courage d'inviter sa

201

mère à dîner. Mais Hadley avait déjà compris, elle. Dès ce premier rendez-vous. Quelque chose dans la façon dont il avait regardé sa mère, avec comme un espoir au fond des yeux… Ça avait un peu allégé ce poids qu'elle devait se trimballer partout, constamment, depuis trop longtemps.

Harrison s'était révélé aussi posé que son père était nerveux, aussi pragmatique que son père était rêveur : pile ce qu'il leur fallait. Il ne s'était pas imposé, n'avait pas fait une entrée fracassante dans leur petite vie. Il s'y était glissé progressivement, discrètement, mais avec obstination – d'abord un dîner, puis deux, séance de ciné après séance de ciné –, leur tournant autour sur la pointe des pieds pendant des mois jusqu'à ce qu'elles soient enfin prêtes à lui ouvrir la porte. Et, une fois qu'il l'avait franchie, c'était comme s'il avait toujours été là. C'en devenait presque difficile d'imaginer à quoi la table de la cuisine avait bien pu ressembler du temps où c'était son père qui était assis en face d'elles. Et pour Hadley, toujours prise dans cet incessant va-et-vient entre essayer d'oublier et essayer de *ne pas* oublier, c'était un peu comme si enfin elles avançaient.

Un soir – ça faisait à peu près huit mois que sa mère sortait avec le docteur Doyle –, en ouvrant la porte, elle l'avait trouvé qui faisait les cent pas sur le perron.

— Hé ! s'était-elle exclamée, en repoussant la moustiquaire. Elle ne vous a pas dit ? C'est le jour de son club de lecture, aujourd'hui.

Il était entré, en ayant bien pris soin de s'essuyer les pieds sur le paillasson.

— Eh bien, à vrai dire, c'est toi que je venais voir, lui avait-il annoncé, en enfonçant ses mains dans ses poches. Je voulais te demander ta permission.

Comme c'était bien la première fois qu'un adulte lui demandait la permission de quoi que ce soit, elle l'avait dévisagé avec d'autant plus d'intérêt.

— Si tu es d'accord, s'était-il finalement lancé, les yeux brillants derrière ses lunettes cerclées, j'aimerais vraiment épouser ta mère.

Et ce n'était que le début. Quand l'intéressée avait dit « non », il avait tout simplement recommencé quelques mois plus tard. Et, comme elle avait encore refusé, il avait juste attendu un peu plus longtemps.

Hadley avait assisté à la troisième tentative. Elle était assise à moitié de travers sur le bord de la couverture de pique-nique quand il s'était mis à genoux devant sa mère, tandis que le quatuor à cordes dont il avait loué les services jouait en sourdine. Sa mère avait blêmi et secoué la tête, mais Harrison avait simplement souri, comme si c'était juste une vaste plaisanterie, comme s'il était dans le coup, lui aussi.

— Je m'y attendais un peu, avait-il déclaré, en refermant une fois de plus la petite boîte carrée pour la reglisser benoîtement dans sa poche.

Il avait adressé aux quatre musiciens un petit haussement d'épaules désabusé et ils avaient continué à jouer pendant qu'il reprenait sa place sur le plaid comme si de rien n'était. Sa mère s'était discrètement dandinée pour se rapprocher de lui et Harrison avait eu ce petit geste de la tête un peu résigné.

— Je me jure bien de t'avoir à l'usure, lui avait-il pourtant affirmé.

— Mais je l'espère bien, avait-elle répondu en souriant.

Pour Hadley, tout ça ne rimait à rien. À croire que sa mère voulait tout à la fois se marier et ne pas se marier, comme si elle savait que c'était ce qu'elle devait faire, mais que quelque chose la retenait.

— Ce n'est pas à cause de papa, si ? lui avait demandé Hadley un peu plus tard.

Sa mère avait vivement relevé la tête.

— Bien sûr que non ! Et puis, si je cherchais à concurrencer ton père, j'aurais dit oui, tu ne crois pas ?

— Je n'ai jamais dit que tu essayais de lui faire de la concurrence. Je me demandais plutôt si tu ne serais pas toujours en train d'attendre qu'il revienne…

Sa mère avait ôté ses lunettes de lecture.

— Ton père…, avait-elle commencé, des points de suspension dans la voix. Nous nous faisions tourner en bourrique, ton père et moi. Et je ne lui ai toujours pas vraiment pardonné ce qu'il m'a fait. Il n'empêche que je lui garderai toujours une petite place dans mon cœur. En grande partie à cause de toi. Mais ce genre de chose n'arrive pas par hasard, tu sais ?

— Mais tu ne veux toujours pas te marier avec Harrison.

Sa mère avait fait « non » de la pointe du menton.

— Mais tu l'aimes, pourtant.

— Oui. Beaucoup.

Elle avait secoué la tête, dépitée.

— Mais c'est n'importe quoi. Ça n'a carrément aucun sens.

— Pourquoi cela devrait-il en avoir ? lui avait rétorqué sa mère en souriant. Il n'y a rien de plus étrange et de plus irrationnel au monde que l'amour.

— Je ne te parle pas d'amour. Je te parle de mariage.

— C'est encore pire, lui avait répliqué sa mère avec un petit haussement d'épaules fataliste.

N'empêche qu'Hadley est bel et bien plantée à côté de sa petite église londonienne, à regarder les jeunes mariés qui font leur apparition en haut des marches. Elle a toujours son portable collé à l'oreille et elle l'entend sonner de l'autre côté de l'Atlantique, à travers tous ces câbles qui font le tour de la planète, sans quitter des yeux le marié qui cherche la main de sa jeune épouse pour nouer ses doigts aux siens. C'est un tout petit geste, mais il exprime tant de choses alors qu'ils s'avancent d'un même pas, pour entrer, côte à côte, dans leur nouvelle vie, tous les deux contre l'adversité, comme s'ils ne faisaient plus qu'un.

Quand elle tombe sur le répondeur, elle soupire, écoutant la voix familière de sa mère qui l'invite à laisser un message. Et, alors même que, sans vraiment s'en rendre compte, elle se tourne vers l'ouest, comme pour se rapprocher de la maison, elle aperçoit la flèche d'un clocher entre les façades blanches de deux immeubles voisins. Le « bip » de la messagerie n'a pas le temps de résonner qu'elle a déjà refermé son portable. Laissant derrière elle un mariage de plus, elle se précipite vers cette autre église, certaine sans savoir comment que, cette fois, c'est la bonne.

Quand, après avoir contourné un énième immeuble pour se faufiler entre les voitures garées de part et d'autre de la rue, elle touche au but, elle s'arrête net, tétanisée par la scène qui se joue sous ses yeux. Là, au milieu d'un petit carré de pelouse, se dresse une statue de la Vierge – celle-là même qui avait valu à Oliver tant de sermons parce qu'il grimpait dessus avec ses frères – et, tout autour, par grappes, que des gens en noir ou en gris – et toutes les nuances intermédiaires.

Elle reste clouée sur place, les pieds scotchés au trottoir. Maintenant qu'elle est arrivée, elle se demande bien ce qu'elle fait là. Mais qu'est-ce qui lui a pris ? Quelle idée de venir ici ! La plus mauvaise idée de la galaxie. C'est vrai qu'elle a toujours tendance à foncer et à réfléchir après. Mais, dans des circonstances pareilles... Ce n'est pas le genre de visite qui se décide sur un coup de tête. Ce n'est pas comme si elle avait enfin atteint la destination d'une petite promenade improvisée. Il se passe, en ces lieux, quelque chose de grave et d'infiniment triste, quelque chose d'irrévocable et d'atrocement définitif. Elle jette un coup d'œil à sa robe : cette couleur est beaucoup trop gaie pour l'occasion. Elle s'apprête déjà à faire demi-tour quand, de l'autre côté de la pelouse, elle aperçoit Oliver. Elle a la bouche sèche tout à coup.

Il se tient à côté d'une petite femme dont il entoure les épaules d'un geste protecteur. Sa mère, sans doute.

Mais, quand elle regarde plus attentivement, elle réalise que ce n'est pas du tout Oliver, en fin de compte. La carrure est trop large, les cheveux trop clairs. Et, quand elle lève la main en visière pour se protéger des rayons obliques du soleil, elle voit bien que cet homme est beaucoup plus vieux. Cependant, lorsqu'il tourne la tête et que son regard croise le sien, et, bien qu'il soit évident, maintenant, que c'est un des frères d'Oliver, elle n'en est pas moins frappée par ce qu'il y a, dans ses yeux, d'étonnamment familier. Elle en a un tel coup au cœur qu'elle recule d'un pas chancelant pour se cacher derrière une haie, comme une sorte de criminelle.

Une fois retranchée sur le flanc de l'église, bien à l'abri des regards, elle se retrouve juste devant une petite clôture de fer forgé entrelacée de plantes grimpantes. De l'autre côté s'ouvre un jardin avec des arbres fruitiers, tout un tas de variétés de fleurs poussant sans arrangement précis, quelques bancs de pierre et une vieille fontaine lézardée. Elle fait le tour du petit square, laissant sa main courir le long de la rambarde – le métal est si froid sous ses doigts – jusqu'à ce qu'elle trouve une barrière.

Un oiseau crie au-dessus d'elle et elle le regarde décrire de grands cercles nonchalants dans le ciel, un ciel encombré d'épais nuages cotonneux que le soleil auréole d'argent. Et elle repense à ce qu'Oliver lui a dit dans l'avion. Un mot se forme alors dans sa tête : « cumulus ». Le seul nuage qui correspond, dans la réalité, à l'idée qu'on s'en fait.

Quand elle baisse les yeux, il est là, de l'autre côté du square, comme si penser à lui avait suffi à le faire apparaître. Il fait plus vieux dans son costume. Pâle et grave, il frotte machinalement le sol de la pointe du pied, la tête basse et les épaules voûtées. À le voir comme ça, elle sent monter en elle une telle bouffée d'affection pour lui qu'elle a envie de l'appeler.

Mais, avant qu'elle n'en ait le temps, il tourne la tête vers elle.

Il a quelque chose de changé, quelque chose de brisé, un tel vide dans les prunelles qu'elle le sent immédiatement : elle a commis une terrible erreur en venant ici. Mais son regard la retient, la clouant au sol, paralysée entre son instinct qui lui hurle de prendre ses jambes à son cou et cette insoutenable envie qu'elle a de courir vers lui.

Ils restent comme ça longtemps, aussi figés que les statues du petit jardin. Comme il n'a aucune réaction et ne lui fait aucun signe, elle avale sa salive avec peine et prend la seule décision qui s'impose.

Mais, juste au moment où elle fait volte-face, prête à s'en aller, elle l'entend derrière elle, ce mot comme une porte qui s'ouvre, une invitation, comme un début et une fin, comme un vœu exaucé :

— Attends !

Elle ne se fait pas prier.

13

New York : 10 h 13
Londres : 15 h 13

— Qu'est-ce que tu fais ici ?

Oliver la regarde comme s'il ne parvenait pas à croire qu'elle soit réellement là.

— Je n'avais pas compris, murmure-t-elle. Dans l'avion…

Il baisse les yeux.

— Je n'avais pas compris, répète-t-elle. Je suis trop-trop désolée.

Il désigne du menton un banc non loin de là. La pierre est encore mouillée après la pluie de tout à l'heure. Ils s'y dirigent à pas lents, tête basse, tandis que, dans l'église, s'élèvent les accords funèbres des grandes orgues. Comme elle s'apprête à s'asseoir, Oliver lève la main, puis d'un haussement d'épaules se défait de sa veste pour l'étaler sur le banc.

— Ta robe, dit-il, en guise d'explication.

Elle jette alors un coup d'œil à la soie mauve et fronce les sourcils comme si elle la voyait pour la première fois. Quelque chose dans son geste resserre encore l'étau qui lui broie le cœur. Qu'il ait seulement pensé à un détail aussi insignifiant en un moment pareil... S'il savait ce qu'elle s'en fiche de cette maudite robe ! Mais elle se roulerait dans l'herbe, elle se coucherait par terre pour lui ! Il n'a donc pas compris ?

Comment refuser, cependant ? Alors, elle s'assied, effleurant au passage la doublure satinée. Oliver est toujours debout. Il remonte d'abord une manche, puis l'autre, le regard lointain.

— Il faut peut-être que tu y retournes ? s'inquiète-t-elle.

Mais il hausse les épaules et prend place à côté d'elle, laissant un petit espace entre eux.

— C'est probable, répond-il d'un ton morne, en se penchant pour s'accouder sur ses genoux.

Mais il ne bouge pas et, au bout d'un moment, elle aussi se sent poussée en avant, adoptant automatiquement sa posture pour se mettre à examiner l'herbe à leurs pieds avec cette même étrange fixité. Elle se dit qu'elle lui doit sans doute une explication pour cette subite apparition, mais, comme il n'en demande pas, elle se tait. Et ils restent ainsi, sans se parler, tandis que, peu à peu, le silence s'installe entre eux.

Chez elle, dans le Connecticut, il y avait un bain d'oiseaux juste devant la fenêtre de la cuisine. Ce spectacle la distrayait quand elle faisait la vaisselle. Elles

210

avaient d'ailleurs des habitués : un couple de moineaux qui se battaient toujours pour passer en premier, chacun sautillant sur le bord en pépiant bruyamment pendant que l'autre se baignait. Il arrivait souvent que l'un fonce sur l'autre, déclenchant alors de furieux battements d'ailes dans les deux camps, ponctués de brusques reculs qui soulevaient des vagues dans le petit bassin. Mais, bien qu'ils passent généralement leur temps à se prendre le bec, ils arrivaient toujours ensemble et repartaient toujours ensemble.

Et puis, un matin, elle avait été surprise de n'en voir qu'un. Il s'était posé sur le bord, tournant la tête de droite à gauche, et avait commencé à sautiller tout autour du bassin sans cependant se mettre à l'eau. Il avait tellement l'air désorienté que, prise de pitié, elle s'était penchée pour jeter un coup d'œil par la fenêtre, scrutant le ciel. En vain, elle le savait bien.

Il y a un peu de ça dans l'attitude d'Oliver, à présent, une sorte d'agitation intérieure, de confusion qui ne lui donne pas tant l'air triste que complètement perdu. Elle n'a jamais approché la mort de près, quant à elle. Seules trois branches manquaient à l'arbre familial et elles correspondaient à trois grands-parents qui étaient décédés avant sa naissance ou lorsqu'elle était encore trop jeune pour en souffrir. Du coup, elle s'était toujours imaginé que ce genre de douleur ressemblait à ce qu'on voyait au cinéma : entre torrents de larmes et sanglots étranglés. Mais, aujourd'hui, dans ce square, personne ne défie les cieux en brandissant le poing, personne ne tombe à genoux, personne ne maudit Dieu ni le sort.

Non, quand on regarde Oliver, on a plutôt l'impression qu'il a envie de vomir. Il a le teint grisâtre, d'autant plus pâle qu'il est vêtu de noir, et il cligne des yeux sans la voir, le visage totalement inexpressif. Il a, dans les prunelles, quelque chose qui tient de l'animal blessé, comme s'il avait mal quelque part mais ne savait pas où. On sent un effort monumental quand il prend une profonde inspiration, le souffle court et saccadé.

— Je suis désolé de ne pas te l'avoir dit, déplore-t-il finalement.

— Non-non, c'est moi, proteste-t-elle, en secouant la tête. J'ai juste imaginé que… Je n'aurais pas dû…

Le silence retombe entre eux.

Au bout d'un moment, Oliver soupire.

— C'est un peu bizarre, tout ça, non ?

— Tout ça quoi ?

— Je ne sais pas… (Il hésite, un vague sourire aux lèvres.) Que tu débarques à l'enterrement de mon père.

— Ah oui, ça !

Il se penche pour arracher quelques brins d'herbe et se met à les déchiqueter machinalement.

— En fait, c'est plutôt tout le reste. Je crois que les Irlandais avaient bien raison d'en faire une fête parce que ce genre de truc… (Il pointe le menton en direction de l'église.) C'est un truc de fou.

Ne sachant pas trop quoi répondre, Hadley triture distraitement l'ourlet de sa robe.

— De toute façon, il n'y aurait vraiment pas eu grand-chose à fêter, poursuit-il avec aigreur, en laissant les bouts d'herbe retomber par terre. C'était un con fini. Ça ne sert à rien de prétendre le contraire.

Elle tourne vers lui un regard ahuri. Mais Oliver a l'air soulagé.

— Je me suis dit ça toute la matinée, avoue-t-il. Enfin, pendant ces dix-huit dernières années, en réalité. (Il la dévisage et sourit.) Tu es dangereuse, toi, dans ton genre, tu sais ?

Elle rive sur lui de grands yeux interrogateurs.

— Moi ?

— Han-han, confirme-t-il, en se redressant. Je suis beaucoup trop honnête avec toi.

Un petit oiseau vient se poser sur la fontaine au milieu du square et ils l'observent tandis qu'il picore la pierre en vain. Il n'y a pas d'eau dans la vasque, juste une couche de boue craquelée et l'oiseau finit par s'envoler. Il n'est bientôt plus qu'un petit point indistinct dans le ciel.

— C'est arrivé comment ? demande-t-elle tout bas.

Mais Oliver ne répond pas. Il ne la voit même pas. À travers la haie qui borde la grille, elle aperçoit les gens qui commencent à regagner leurs voitures, silhouettes noires dans la pénombre. Là-haut, le ciel est redevenu uniformément gris.

Il finit par s'éclaircir la gorge.

— Comment c'était, ce mariage ?

— Hein ?

— Le mariage. Comment ça s'est passé ?

Elle hausse les épaules.

— Bien.

— Allez, l'encourage-t-il avec un regard entendu.

Elle soupire à son tour.

— Eh bien… Charlotte est plutôt gentille, en fait, maugrée-t-elle, en croisant les mains sur ses genoux. Tellement gentille même que c'en devient énervant.

Oliver se marre en sourdine et elle retrouve un peu le garçon qu'elle a connu dans l'avion.

— Et ton père ?

— Il a l'air heureux, concède-t-elle d'une voix un peu éraillée.

Elle ne parvient pas à trouver le courage de lui parler du bébé, comme si l'évoquer lui donnerait plus de réalité. C'est alors qu'elle se souvient du livre. Elle attrape son sac posé près d'elle sur le banc.

— Je ne lui ai pas rendu, finalement, lui confie-t-elle.

Il semble chercher des yeux ce qu'elle peut bien vouloir dire avant que son regard ne s'arrête finalement sur la couverture noire.

— J'en ai lu un petit bout en venant ici, poursuit-elle. C'est pas mal, en fin de compte.

Il le lui prend des mains et se remet à le feuilleter, comme il l'avait fait dans l'avion.

— À propos, comment tu as fait pour me trouver ?

— J'ai entendu quelqu'un raconter qu'il avait un enterrement à Paddington. (Elle le voit tressaillir quand elle prononce le mot « enterrement ».) Alors, je sais pas… J'ai juste eu une intuition…

Il hoche la tête en refermant doucement le bouquin.

— Mon père en possédait une édition originale, lui annonce-t-il avec une grimace. Il l'avait rangée tout en haut des étagères, dans son bureau. Je me souviens que je la regardais tout le temps quand j'étais gamin. Je savais déjà qu'elle avait une grande valeur.

Il lui rend le livre et elle le serre contre son cœur, attendant la suite.

— J'ai toujours cru qu'il ne lui accordait aucune attention si ce n'est pour les mauvaises raisons, enchaîne-t-il, d'une voix plus calme maintenant. Je ne l'ai jamais vu lire quoi que ce soit, hormis des dossiers juridiques. Pourtant, de temps à autre, il citait un passage à l'improviste. (Il laisse échapper un petit rire amer.) Ça lui ressemblait si peu. Comme un boucher qui aurait découpé sa viande en chantant de l'opéra ou un truc dans la même veine. Un trader qui ferait des claquettes.

— Peut-être que tu te trompais sur son compte…

Il lui balance un regard noir.

— Ne fais pas ça.

— Ça quoi ?

— Je ne veux pas parler de lui, grommelle-t-il, des éclairs dans les yeux.

Il se frotte le front, se passe la main dans les cheveux. L'herbe se couche soudain sous l'effet d'une petite brise qui vient alléger un peu l'atmosphère, si lourde qu'ils courbent les épaules sous son poids. Dans l'église, la musique s'arrête brutalement, comme une sono qu'on aurait coupée net.

— Tu as bien dit que tu pouvais être honnête avec moi, non ? lui lance-t-elle, s'adressant à son dos voûté.

Il se tourne à moitié pour la dévisager.

— Bon. Alors, raconte, lui dit-elle. Sois honnête avec moi.

— À propos de quoi ?

— De ce que tu veux.

C'est à ce moment-là qu'il fait un truc carrément hallucinant : il l'embrasse. Et ça n'a rien à voir avec le baiser de l'aéroport – si doux, si tendre, un baiser d'adieu. Ce baiser-là a quelque chose de plus grave, de plus désespéré. Ses lèvres se font plus pressantes contre les siennes. Mais elle ne recule pas. Bien au contraire. Elle ferme les yeux et lui rend son baiser avec la même fougue, jusqu'à ce que, sans prévenir, il s'écarte et qu'ils se retrouvent en chiens de faïence, à se regarder en silence.

— Ce n'était pas ce que je voulais dire, lâche-t-elle alors.

Il lui adresse un petit sourire en coin.

— Tu m'as demandé d'être honnête. Eh bien, c'est la chose la plus honnête que j'aie faite aujourd'hui.

— Au sujet de ton père, je voulais dire, insiste-t-elle, tout en se sentant rougir malgré elle. Peut-être que ça te ferait du bien d'en parler. Si seulement tu…

— Si je quoi ? Si j'avouais qu'il me manque ? Que ça me tue ? Que c'est le pire jour de ma vie ?

Il se lève si brusquement que, pendant un moment – un horrible moment –, Hadley croit qu'il va s'en aller. Mais il se met à faire les cent pas devant le banc, si grand, si élancé, si beau comme ça, les manches retroussées. Il s'interrompt, pivotant d'un bloc pour lui faire face. Elle peut voir la colère qui lui mange le visage.

— Écoute. Aujourd'hui ? Cette semaine ? Faux. Tout faux, d'un bout à l'autre, depuis le début. Tu trouves que ce que *ton* père a fait est moche, hein ? Eh bien, au moins, il a été honnête, lui. Il a eu le courage de *ne pas* s'incruster. Et je sais que c'est du pipeau, ça aussi, mais, à les entendre, il est heureux et ta mère est heureuse et, au final, c'est mieux pour tout le monde.

Sauf pour moi, pense-t-elle, mais elle se tait. Oliver se remet alors à marcher de long en large et elle le suit des yeux comme on suit un match de tennis : aller, retour ; aller, retour.

— Mais *mon* père ? reprend-il subitement. Il a trompé ma mère pendant des années. Ton père a eu une liaison, bon. Mais ça s'est terminé par un mariage d'amour, non ? Ça s'est joué au grand jour et ça a libéré tout le monde, en définitive. Des liaisons, le mien, il en a eu une bonne douzaine, peut-être même plus. Et le comble, c'est qu'on le savait. On le savait tous. Et personne n'a rien dit. À un moment ou à un autre, quelqu'un a décidé qu'on serait juste malheureux sans faire de bruit. Alors c'est ce qu'on a fait. Mais on était tous au courant, répète-t-il encore, ployant le dos. Tous.

— Oliver…

Il secoue la tête.

217

— Alors non, conclut-il, je ne veux pas parler de mon père. C'était un sale con. Et pas seulement à cause de ses liaisons, mais pour tout un tas d'autres raisons. Et, toute ma vie, j'ai fait semblant que tout allait bien, par égard pour ma mère. Mais maintenant qu'il est parti, fini la comédie !

Il serre les poings. Sa bouche n'est plus qu'un trait.

— C'est assez honnête pour toi ? lui jette-t-il au visage.

— Oliver, répète-t-elle, en posant le bouquin sur le banc pour se lever.

— Ça va, souffle-t-il. Ça va.

C'est alors que son nom résonne au loin :

— Oliver !

Quelqu'un l'appelle. L'instant d'après, une brune à lunettes noires apparaît à la barrière. Cette fille ne doit pas être beaucoup plus vieille qu'elle, mais elle affiche une telle assurance, une telle aisance qu'Hadley se sent tout à coup carrément débraillée à côté d'elle.

La fille se fige en les apercevant. Elle a l'air manifestement stupéfaite.

— Il est presque l'heure, Ol, dit-elle, en relevant ses lunettes. Le cortège sera bientôt prêt à partir.

Il ne bouge pas.

— Une minute, répond-il sans la quitter des yeux.

La fille hésite, comme si elle allait ajouter quelque chose. Et puis, avec un petit haussement d'épaules, elle tourne les talons.

Dès que la brune à lunettes est partie, Hadley se force à regarder Oliver en face. L'arrivée de la fille a rompu le charme et, maintenant, elle entend très nettement les voix de l'autre côté de la haie, les portières qui claquent, un chien qui aboie au loin.

Oliver ne bouge toujours pas.

— Je suis désolée, murmure-t-elle. Je n'aurais pas dû venir.

— Non.

Elle cligne des yeux, s'évertuant à comprendre ce qui se cache dans cette syllabe, dessous ou derrière : « Non, tu as bien fait » ou « Non, ne t'en va pas » ou « Reste, je t'en prie » ou « Moi aussi, je suis désolé. »

Mais il ajoute simplement :

— C'est bon.

Elle danse d'un pied sur l'autre, ses talons s'enfonçant dans le sol meuble.

— Je ferais mieux d'y aller, chuchote-t-elle.

Mais ses yeux disent « J'essaie » et ses mains, qui tremblent de ne pas pouvoir se tendre vers lui, disent « Je t'en prie. »

— Oui, répond-il. Moi aussi.

Aucun des deux n'esquisse le moindre geste pourtant. Elle se rend alors compte qu'elle retient son souffle.

Demande-moi de rester.

— Ça m'a fait plaisir de te revoir, déclare-t-il soudain d'un ton compassé.

Et – l'horreur ! – il lui tend la main. Elle la prend maladroitement et ils restent comme ça, à mi-chemin entre la banale poignée de main et l'étreinte du naufragé qui se cramponne à sa bouée, leurs paumes accolées se balançant entre eux, jusqu'à ce qu'Oliver finisse par la lâcher.

— Bonne chance, lui dit-elle – sans savoir vraiment ce qu'elle entend par là.

— Merci, répond-il avec un petit hochement de tête protocolaire.

Il attrape sa veste et la jette sur son épaule sans même prendre la peine de l'épousseter. Rien que de le voir se retourner pour traverser le jardin, elle en a des crampes d'estomac. Elle ferme les yeux en pensant à tout ce flot de mots qui n'ont jamais franchi ses lèvres, à toutes ces choses qui demeureront inexprimées.

Quand elle les rouvre, il est parti.

Son sac est toujours sur le banc et, alors qu'elle se penche pour le récupérer, elle s'effondre sur la pierre humide, comme ployant sous la charge, épuisée tel un survivant après un ouragan. Elle n'aurait pas dû venir. Ça, c'est clair pour elle, maintenant. Le soleil baisse toujours dans le ciel et, bien qu'elle soit attendue ailleurs, cet élan qui l'animait jusqu'alors, sans qu'elle sache trop d'où il sortait, semble l'avoir abandonnée.

Elle tâtonne vaguement sur le banc pour attraper l'exemplaire de *L'Ami commun* et le feuillette distraitement. Lorsqu'il s'ouvre à l'une des pages cornées, elle remarque que le coin de la feuille pointe vers le milieu du texte comme une flèche qui désignerait le début d'une ligne de dialogue : « Nul n'est inutile sur cette terre qui, d'un seul, allège la misère », lit-elle.

Quelques minutes plus tard, tandis qu'elle longe l'église pour rebrousser chemin, elle aperçoit la famille encore blottie sous le porche. Sa veste toujours jetée sur l'épaule, Oliver lui tourne le dos et, près de lui, se tient la fille, celle qui leur est tombée dessus tout à l'heure. Il y a quelque chose de protecteur dans la façon dont elle a posé la main au creux de son coude. À la vue de cette scène, Hadley accélère le pas et se sent rougir sans trop savoir pourquoi. Elle se hâte de les dépasser, de dépasser la statue au regard placide, de dépasser l'église et son clocher, et cette file de grosses berlines noires qui les attendent pour les emmener au cimetière.

Au dernier moment, comme si elle se rappelait soudain quelque chose, elle pose le livre sur le capot de la voiture de tête. Et puis, avant que quelqu'un puisse l'arrêter, elle file, remontant la rue à toute vitesse, fuyant sans demander son reste.

14

New York : 11 h 11
Londres : 16 h 11

Si on l'avait interrogée sur son retour, si on lui avait demandé, par exemple, où elle avait changé de ligne, à côté de qui elle était assise ou combien de temps elle avait mis, Hadley aurait eu bien du mal à répondre. Dire que le trajet n'était qu'une sorte de traînée informe dans sa mémoire aurait laissé entendre qu'elle en avait gardé un souvenir, même vague. Or, quand elle retrouve enfin la lumière du jour à la station de Kensington, elle a plutôt la vertigineuse impression d'avoir été projetée dans le temps, d'avoir ricoché d'un lieu à l'autre comme un galet.

En tout cas, rien de tel qu'un bon choc émotionnel pour oublier sa claustrophobie, apparemment. Radical comme traitement – si tant est que ce soit bien ce qu'elle ressent. Elle vient tout de même de passer une demi-heure sous terre, coincée dans un train, sans jamais avoir besoin de s'évader mentalement. À aucun moment. Peu importait où elle se trouvait : elle avait déjà la tête dans les nuages, de toute façon.

Zut ! elle a oublié l'invit dans le bouquin ! Bon, d'accord, elle sait que l'hôtel n'est pas très loin de l'église, donc quelque part dans les parages, mais elle a beau se triturer les méninges, impossible de se rappeler ni le nom ni l'adresse. Violette serait atterrée.

En ouvrant son portable pour appeler son père, elle s'aperçoit qu'elle a un message. Avant même d'entrer son code, elle sait que c'est sa mère. Inutile d'interroger sa boîte vocale, elle compose immédiatement le numéro de la maison. Pas question de la rater, cette fois.

Perdu !

Elle tombe encore sur le répondeur. En entendant le « bip », elle pousse un profond soupir.

Elle donnerait n'importe quoi pour parler à sa mère, là, maintenant, pour tout lui raconter : papa et le bébé, Oliver et son père, lui expliquer que cette histoire de voyage était une erreur monumentale, qu'elle n'aurait jamais dû venir.

Elle donnerait n'importe quoi pour que ces deux heures qu'elle vient de passer n'aient jamais existé.

Rien que d'y repenser, elle sent cette grosse boule qui l'étouffe, comme si on lui avait enfoncé un poing dans la gorge. Quand elle revoit Oliver dans le square… Comment il l'avait plantée là. Comment ses yeux, qui l'avaient si intensément dévisagée dans l'avion, étaient restés obstinément rivés au sol…

Et cette fille… Elle est persuadée que c'est son ex-copine. Ce naturel avec lequel elle était venue le chercher… Cette main qu'elle avait posée sur son bras pour le soutenir… Le seul truc dont elle n'est pas très sûre, c'est le côté « ex » justement. Il y avait quelque chose de tellement possessif dans la façon dont elle l'avait regardé, comme si elle avait des droits sur lui, et qu'elle entendait bien les exercer, même à distance.

Quand elle revoit cette scène ridicule dans le jardin, elle a envie de rentrer sous terre. Elle a dû passer pour une gourde de première. Mais qu'est-ce qui lui a pris d'aller le chercher comme ça ? Elle s'en affale de honte contre la cabine téléphonique d'à côté. Vu la couleur de ses joues, elles font la paire ! Elle préfère ne pas imaginer ce qu'ils doivent se dire en ce moment. Mais les mots se faufilent dans sa tête malgré elle. Elle entend ça d'ici : Oliver haussant les épaules quand la fille l'interroge, la reléguant au rang d'une vague inconnue rencontrée dans l'avion.

Toute la matinée, elle n'avait cessé de se repasser le film de la nuit. Le souvenir d'Oliver l'avait aidée à traverser cette interminable journée. Il l'avait protégée comme un bouclier. Et il avait fallu qu'elle aille tout gâcher ! Même la scène de leur dernier baiser ne suffisait plus à la consoler. Parce qu'ils ne se reverraient sans doute jamais et, quand elle se rappelle la façon dont ils se sont quittés, elle a juste envie de se rouler en boule, là, sur le trottoir.

La sonnerie de son portable la ramène brutalement à la réalité.

— Où es-tu ? aboie son père, dans le téléphone.

Elle jette un coup d'œil dans la rue, à gauche, puis à droite.

— Euh… j'y suis presque, dit-elle, pas très sûre de savoir où le « y » en question se trouve.

— Mais où étais-tu passée ?

À sa façon de parler, au ton de sa voix… Hou ! pas de doute : il est furax. *Si seulement je pouvais rentrer à la maison !*, prie-t-elle alors intérieurement pour ce qui doit bien être la millionième fois de la journée. Mais elle a encore la réception à se taper et une danse devant tout le monde avec son père qui lui en veut à mort. Sans compter qu'elle doit aussi présenter ses vœux de bonheur au jeune couple et se farcir la pièce montée, plus les sept heures de vol au-dessus de l'Atlantique à côté de quelqu'un qui ne lui dessinera pas un canard sur un coin de serviette, ne volera pas pour elle une mignonnette de whisky et n'essaiera pas de l'embrasser à la première occasion au fond de l'avion.

— J'avais un ami à voir, lui explique-t-elle.

— Et puis quoi encore ? grogne son père. Pourquoi tu ne vas pas pousser une petite visite à un de tes grands copains à Paris pendant que tu y es ?

— Papa !

Il soupire dans l'appareil.

— Tu aurais pu choisir un meilleur moment, Hadley.

— Je sais.

— Je me suis inquiété, figure-toi.

Déjà, elle sent sa colère retomber. Elle s'était tellement focalisée sur son désir de retrouver Oliver qu'elle n'avait pas imaginé que son père puisse angoisser. Oh! qu'il soit en rogne, ça oui. Mais inquiet? Ça fait si longtemps qu'il n'a plus joué le rôle du parent dévoré d'anxiété… et puis, il est en plein mariage. *Son* mariage. En même temps, elle comprend, maintenant, qu'il ait pu stresser de la voir filer comme ça, dans une ville qu'elle ne connaît pas.

— Je n'ai pas réfléchi, plaide-t-elle. Pardon.

— Tu comptes arriver quand?

— Dans pas longtemps. Tout à l'heure.

Il soupire de plus belle.

— Bon.

— Oui mais, papa?

— Oui?

— Tu ne pourrais pas me redire où je suis censée aller, là?

Dix minutes plus tard, grâce aux indications de son père, Hadley se retrouve dans le hall du Kensington Arms Hotel, un vaste manoir qui semble n'avoir strictement rien à faire au beau milieu des rues encombrées d'une grande métropole, un peu comme si on l'avait cueilli au fin fond de la campagne anglaise pour le parachuter au hasard en plein Londres. Le sol est carrelé de marbre, de grandes dalles noires et blanches alternées comme sur un échiquier géant, et la courbe d'un monumental escalier à rampes de bronze se perd derrière les énormes lustres du plafond. Chaque fois que quelqu'un franchit les portes à tambour, une légère odeur venue du fleuve entre avec lui, portée par l'air chargé d'humidité.

Quand elle surprend son reflet dans l'un des grands miroirs anciens pendus derrière la réception, elle préfère encore baisser les yeux. Ses petites copines demoiselles d'honneur vont être vertes en la voyant arriver : tout le mal qu'elles se sont donné avant la cérémonie n'a servi à rien. Sa robe est aussi chiffonnée que si elle l'avait trimballée roulée en boule dans son sac toute la journée, et ses cheveux, si bien coiffés tout à l'heure, lui tombent dans la figure, sans même parler de son chignon carrément de travers.

Le réceptionniste achève sa conversation téléphonique et replace le combiné en un tour de main avant de s'incliner poliment vers elle.

— Puis-je vous aider, mademoiselle ?

— Je cherche le mariage des Sullivan.

Elle le voit jeter un coup d'œil à quelque chose sur son bureau.

— Je crains que les festivités ne soient pas encore commencées, lui répond-il, avec cet accent saccadé si typiquement anglais. Elles se tiendront dans la Churchill Ballroom à 18 heures précises.

— O.K., mais c'est plutôt le marié que je cherche, en fait, pour le moment.

— Oh ! mais certainement, s'empresse-t-il, en décrochant son téléphone pour appeler l'une des chambres. (Il murmure quelque chose dans l'appareil, puis le repose sur son socle en lui adressant un petit hochement de tête martial.) Suite 248. On vous attend.

— Ça, je veux bien le croire ! marmonne-t-elle, en se dirigeant vers les ascenseurs.

Quand elle frappe à la porte, elle est tellement concentrée sur la façon dont elle va réagir au froncement de sourcils réprobateur de son père qu'elle reste un peu bête en se retrouvant nez à nez avec Violette. Non que l'accueil soit beaucoup plus chaleureux, d'ailleurs.

— Qu'est-ce qui t'est arrivé ? lui demande Violette, en la détaillant de la tête aux pieds. Tu viens de courir le marathon ?

— C'est un vrai sauna, dehors, prétexte-t-elle, en regardant sa robe d'un air navré.

Ah ! en plus, elle a une tache de boue qu'elle n'avait pas remarquée, pile sur le devant. Violette sirote une petite gorgée de champagne, tout en évaluant les dégâts par-dessus le bord de sa coupe festonnée de rouge à lèvres. Derrière elle, une douzaine de personnes sont assises sur des divans vert foncé, un plateau chargé de légumes colorés et plusieurs seaux à glace remplis de bouteilles de champagne posés sur la table basse devant eux. Il y a de la musique en sourdine, un truc instrumental un peu endormant, couvert par des voix qui s'élèvent de la pièce d'à côté.

— Eh bien, j'imagine que nous allons devoir, une fois de plus, t'arranger ça avant la réception, soupire Violette.

Son portable, qu'elle tient toujours dans sa main moite, se met alors à sonner et elle le désigne du menton avec un secret soulagement. Elle jette un coup d'œil à l'écran : son père s'impatiente, apparemment.

Violette arque les sourcils.

— « Le Professeur » ? s'étonne-t-elle.

— C'est juste mon père, explique-t-elle, de peur que Violette n'aille s'imaginer qu'elle reçoit d'étranges coups de fil transatlantiques d'un mystérieux enseignant, un samedi soir...

Mais, en baissant de nouveau les yeux vers son portable, elle ne se sent pas très fière, tout à coup. Ce qui lui avait semblé marrant, à une époque, lui paraît juste un peu triste, maintenant. Parce que, dans ce tout petit détail, ce stupide surnom, il y a comme un recul, une mise à distance...

Jouant les videurs de club privé, Violette s'efface pour la laisser passer.

— Il ne nous reste pas beaucoup de temps avant la réception, lui précise-t-elle.

Hadley ne peut pas s'empêcher de sourire en refermant la porte derrière elle.

— À quelle heure ça commence déjà ?

Violette lève les yeux au ciel et, sans même se donner la peine de répondre, bat en retraite pour aller s'installer avec précaution sur une chaise, en veillant à ne pas froisser sa robe toujours aussi impeccable.

Hadley file directement dans le petit boudoir attenant qui relie la chambre au reste de la suite. À l'intérieur, elle découvre son père et quelques autres personnes agglutinés autour d'un PC portable. Charlotte est assise devant l'ordinateur, sa robe de mariée étalée en corolle autour d'elle comme une sorte de grosse meringue vernissée. Bien qu'elle ne puisse pas voir l'écran d'où elle est, il est clair qu'elle arrive en pleine séance de diaporama commenté.

Sur le coup, elle hésite à reculer discrètement. Elle n'a aucune envie de voir leurs photos : Charlotte et Andrew au sommet de la tour Eiffel, Charlotte et Andrew faisant des grimaces dans le train, Charlotte et Andrew donnant à manger aux canards dans les jardins de Kensington… Elle n'a aucune envie de savoir, preuves à l'appui, que son père avait fêté son anniversaire dans un pub d'Oxford. Sans elle. Elle n'a pas besoin qu'on le lui rappelle. Elle s'en souvient parfaitement. Elle s'était même réveillée, ce matin-là, avec une conscience aiguë du sens particulier de cette journée. Elle l'avait immédiatement ressenti comme un poids qu'elle avait dû traîner pendant tout le cours de géométrie et tout le cours de chimie, un poids qui ne l'avait pas quittée jusqu'à l'heure du déjeuner à la cafétéria, où une bande de footeux avaient chanté en chœur une version revue et corrigée d'*Happy Birthday to You* à Lucas Heyward, leur malheureux buteur. Elle se souvient très bien qu'à la fin de cette lamentable interprétation, elle avait été surprise de découvrir le bretzel qu'elle tenait à la main réduit en miettes.

Elle n'a pas besoin de photos pour savoir qu'elle est sortie de sa vie.

C'est pourtant lui qui s'aperçoit de sa présence en premier et, bien qu'elle se soit préparée à toutes sortes de réactions – colère parce qu'elle est partie, agacement parce qu'elle est en retard, soulagement qu'il ne lui soit rien arrivé –, elle ne s'attendait pas à ça, à ce petit quelque chose derrière son regard qui brusquement se dévoile, comme un aveu, comme une excuse.

Et, là, maintenant, elle voudrait tellement que tout se soit passé autrement. Pas dans le sens où elle l'avait souhaité pendant des mois, pas cette espèce de truc tordu, aigri, comme quand on souhaite malheur à quelqu'un, non. Ce souhait-là vient du plus profond de son cœur. Elle ne savait pas que quelqu'un qui se trouve à quelques pas seulement pouvait nous manquer à ce point. C'est pourtant bel et bien ça : un manque tellement fort qu'il la broie. Parce que, soudain, ça lui paraît carrément nul, affreusement, horriblement nul, tout ce temps qu'elle a passé à essayer de nier son existence. En le voyant, là, maintenant, elle ne peut s'empêcher de penser au père d'Oliver, elle ne peut s'empêcher de se dire qu'il y a tant de façons bien plus dramatiques, bien plus graves de perdre quelqu'un, des pertes bien plus irréparables, plus définitives, infiniment plus douloureuses aussi.

Elle ouvre déjà la bouche, mais Charlotte la prend de vitesse :

— Ah ! te voici ! Nous étions inquiets.

Elle tressaille en entendant un verre se briser dans la pièce d'à côté. Tout le monde la regarde dans le boudoir, à présent, et les murs sont, tout à coup, bien trop proches avec leurs gros motifs floraux.

— Tu es allée te promener ? lui demande Charlotte, avec un tel allant, un tel enthousiasme, une telle sincérité dans la voix qu'elle recommence à avoir des nœuds à l'estomac. Tu t'es bien amusée ?

Cette fois, quand elle tourne les yeux vers son père, il doit y avoir, dans ses prunelles, ou sur son visage, quelque chose qui l'alerte. Assez, en tout cas, pour qu'il quitte sa place sur l'accoudoir du fauteuil où Charlotte est assise.

— Ça va, fillette ? lui lance-t-il, d'un air incertain.

Elle n'a pas l'intention de lui répondre vraiment. Juste secouer la tête peut-être. Hausser les épaules, tout au plus. Mais, à sa grande surprise, voilà qu'un sanglot lui monte dans la gorge et la submerge comme une vague. Elle sent ses traits se contracter et les premières larmes lui piquer les yeux.

Ce n'est pas Charlotte, ni aucun de tous ceux qui sont dans la pièce. Ce n'est même pas à cause de son père, pour une fois. C'est juste qu'elle n'en peut plus de cette journée, de cette étrange, de cette incroyable, de cette interminable journée. Jamais le temps ne lui a paru aussi long. Elle a beau savoir que c'est juste une succession de minutes, comme des perles que tu enfiles sur un collier, une à une, elle comprend maintenant comment ces minutes deviendront vite des heures et comment, de la même façon, tous ces mois auraient pu rapidement devenir des années, comment elle aurait pu perdre quelque chose d'aussi important broyé par l'inexorable marche du temps. Elle est passée si près.

— Hadley ? (Son père pose le verre qu'il tient à la main pour se diriger vers elle.) Hadley, qu'est-ce qui est arrivé ?

Elle s'est laissée aller contre le montant de la porte et pleure pour de bon, à présent. Et, en sentant la première larme couler, elle pense – c'est débile, hein ? –, elle pense à Violette et elle se dit que ce sera encore un truc de plus qu'elles seront obligées d'arranger quand elles essaieront, tout à l'heure, de lui refaire une beauté.

— Hé ! murmure son père, en lui étreignant virilement l'épaule.

— Pardon, souffle-t-elle. C'est juste que la journée a été longue.

— Oui, bien sûr, répond-il.

Et elle peut presque voir, dans ses yeux, l'idée se profiler et la lumière se faire dans son esprit.

— Bien sûr, répète-t-il. Il est grand temps de consulter Monsieur Éléphant.

15

New York : 11 h 47
Londres : 16 h 47

Même si son père avait été encore à la maison, même si elle avait encore pris son petit déjeuner tous les matins en face de lui, même si elle lui avait souhaité bonne nuit, tous les soirs de l'autre bout du couloir, ça n'en restait pas moins le job de sa mère. Père absent ou pas, la consoler quand elle pleurait pour une histoire de garçon, c'était à cent pour cent, sans hésitation, le domaine réservé de sa mère.

La voilà pourtant en train de tout déballer à son père : le meilleur – et le seul – plan B à dispo sur place. Les mots lui sortent de la bouche en un flot ininterrompu, comme un secret trop longtemps gardé, un torrent trop longtemps contenu. Il a tiré une chaise pour s'asseoir près du lit, à califourchon, les bras croisés sur le dossier. Et il n'a pas adopté son attitude professorale, pour

une fois (cette pose qu'il prend toujours, la tête légèrement penchée sur le côté et les yeux quasi inexpressifs,
en s'efforçant d'afficher une expression d'intérêt poli).
Non, il y a, dans la façon dont il la regarde maintenant,
beaucoup plus de profondeur, d'intensité. C'est la façon
dont il la regardait quand elle s'écorchait le genou étant
petite. C'est la façon dont il l'avait regardée le jour où
elle avait fait un vol plané à vélo dans l'allée, et le soir
où elle avait laissé échapper le bocal de cerises sur le
carrelage de la cuisine et s'était planté un bout de verre
dans le pied. Et elle ne sait pas pourquoi, mais quelque
chose dans ce regard-là lui fait du bien.

Serrant contre elle un des innombrables coussins
brodés empilés sur le majestueux lit nuptial, elle lui
raconte comment elle a rencontré Oliver à l'aéroport,
comment il a changé de place pour se mettre à côté
d'elle dans l'avion. Elle lui raconte comment Oliver
l'a aidée à oublier sa claustrophobie en lui posant des
questions idiotes, la sauvant de ses propres démons
comme lui-même l'avait fait un jour.

— Tu te rappelles quand tu m'as dit d'imaginer le
ciel ? lui demande-t-elle.

Il opine du bonnet.

— Ça marche toujours ?

— Han-han. C'est bien le seul truc, d'ailleurs.

Il baisse la tête précipitamment. Pas assez vite pour
qu'elle n'ait pas le temps de voir un sourire se dessiner
sur ses lèvres, pourtant.

Il y a, derrière cette porte, une foule d'invités, une
jeune mariée et un tas de bouteilles de champagne qui

l'attendent. Il y a un programme à respecter, un ordre du jour chronométré. Il est pourtant assis là, à l'écouter, comme s'il n'avait rien de mieux à faire, comme s'il n'était pas attendu ailleurs, comme si, pour lui, il n'y avait rien de plus important au monde. Rien de plus important qu'*elle*.

Alors, elle continue. Elle lui raconte comment, rapprochés par le silence feutré et la semi-obscurité de la cabine, ils ont discuté des heures avec Oliver, comme isolés, tous les deux, au-dessus de l'océan sans fin. Elle lui parle des sujets d'étude carrément débiles qu'Oliver s'était inventés et du film avec les canards et elle lui raconte comment elle avait bêtement présumé qu'il allait, lui aussi, à un mariage. Elle lui dit même pour le whisky.

Elle ne lui parle pas du baiser à la douane.

Quand elle en arrive au passage où elle le perd dans l'aéroport, les mots se bousculent tellement qu'elle en bafouille. C'est comme si elle avait ouvert une vanne : elle ne peut plus s'arrêter. Quand elle lui raconte l'enterrement à Paddington, comment elle a vu ses pires soupçons confirmés, il pose une main sur les siennes.

— J'aurais dû te dire, sanglote-t-elle, avant de s'essuyer le nez du dos de la main. En fait, j'aurais mieux fait de ne pas y aller du tout.

Son père reste muet et elle lui en est secrètement reconnaissante. Elle ne sait pas trop comment mettre des mots sur la suite : ce regard dans les yeux d'Oliver, si sombre, si grave, un ciel plombé quand le tonnerre gronde avant l'orage. Un éclat de rire fuse, au même moment, de l'autre côté de la porte, puis quelques applaudissements épars. Elle prend une profonde inspiration.

— Je voulais juste l'aider, moi, se lamente-t-elle. (Même si elle sait bien, au fond, que ce n'est pas tout à fait vrai.) Je voulais le revoir.

— C'est gentil.

— Non ! Non, ce n'est pas « gentil » ! s'emporte-t-elle, en secouant la tête. Ça faisait à peine quelques heures que je le connaissais. C'est n'importe quoi ! Ça n'a aucun sens !

Son père sourit doucement en rajustant son nœud papillon.

— Dans ce domaine, c'est comme ça que ça marche, fillette. L'amour n'est pas supposé « avoir un sens ». C'est même complètement irrationnel.

Elle lève brusquement la tête.

— Qu'est-ce qu'il y a ? s'alarme-t-il aussitôt.

— Rien. C'est juste que maman dit exactement la même chose.

— À propos d'Oliver ?

— Non, en général.

— C'est une fine mouche, ta mère.

En l'entendant dire ça, sans le moindre soupçon d'ironie, sans une once de condescendance, elle ne peut s'empêcher de poser la question, la fameuse question, cette question qu'elle s'est interdit de poser pendant plus d'un an :

— Pourquoi tu l'as quittée alors ?

Il a un mouvement de recul comme s'il venait de se prendre un coup de poing. Il en reste bouche bée, sonné.

— Hadley…

Mais déjà elle secoue la tête.

— Laisse tomber. C'est bon. Oublie, O.K. ?

Il se lève alors d'un bond et, sur le moment, elle croit même qu'il va quitter la pièce. Mais, loin de s'en aller, il vient s'asseoir sur le lit à côté d'elle. Elle se pousse, se mettant bien de profil pour qu'ils ne puissent pas se regarder en face.

— Je l'aime encore, ta mère, tu sais ? lâche-t-il tout bas et, comme elle s'apprête à le couper une fois de plus, il enchaîne : Ce n'est plus pareil, maintenant, naturellement. Et il y a beaucoup de culpabilité dans tout ça aussi. Mais elle est encore quelqu'un de très important pour moi, il faut que tu le saches.

— Mais alors, comment tu as pu… ?

— Partir ?

Elle acquiesce dans un souffle.

— Il le fallait. Mais ça ne veut pas dire que je te quittais toi.

— Tu parles ! Tu as déménagé ! Tu t'es installé *en Angleterre* !

— Oui, je sais, soupire-t-il. Mais ça n'avait rien à voir avec toi.

— Ben non, lui réplique-t-elle, sentant, au fond d'elle, la colère se rallumer. Ça n'avait rien à voir avec moi, hein ? Et pour cause, puisque tout ce qui t'intéressait, c'était toi.

Elle voudrait qu'il la contredise, qu'il proteste, qu'il joue le rôle du mâle égoïste qui succombe au démon de midi, ce personnage qu'elle a façonné dans sa tête pendant tous ces jours, toutes ces semaines, tous ces mois. Mais il reste assis là, tête basse, les mains pendant entre ses genoux, l'air complètement abattu.

— Je suis tombé amoureux, plaide-t-il, avec un geste d'impuissance.

En voyant son nœud papillon qui ne veut décidément pas rester droit, elle se rappelle qu'après tout, c'est quand même le jour de son *mariage*.

Les yeux rivés à la porte, il se frotte pensivement la mâchoire.

— Je ne m'attends pas à ce que tu comprennes. Je sais que j'ai tout fait de travers. Je sais qu'on ne peut pas faire pire comme père. Je sais, je sais, je sais. Crois-moi, je sais.

Elle attend la suite en silence. Parce que qu'est-ce qu'elle pourrait bien dire ? Bientôt, il aura un bébé, un autre enfant : une chance de tout recommencer de zéro. Il pourra assurer, cette fois. Cette fois, il sera un bon père. Il saura être présent. Il ne se débinera pas.

Il se pince l'arête du nez comme s'il avait la migraine.

— Je ne te demande pas de me pardonner. Je sais qu'on ne peut pas revenir en arrière. Le mal est fait. Mais j'aimerais prendre un nouveau départ avec toi. Si tu le veux bien. (Il désigne la porte du menton.) Je sais que tout a changé, que ça prendra du temps, mais j'aimerais vraiment que tu fasses partie de ma nouvelle vie.

Hadley jette un coup d'œil à sa robe. La fatigue, contre laquelle elle lutte depuis tant d'heures, n'a cessé de monter, comme la mer, irrésistiblement, comme si on la recouvrait d'une épaisse et lourde couverture laineuse.

— L'ancienne me plaisait bien à moi, lui fait-elle remarquer avec une moue boudeuse.

— Je sais. Mais j'ai tout autant besoin de toi maintenant.

— Maman aussi a besoin de moi.

— Je sais.

— Je voudrais tellement…

— Quoi ?

— Que tu ne sois pas parti.

— Je sais, répète-t-il pour la énième fois.

Elle l'entend déjà lui assurer que c'est mieux comme ça, que tout le monde y trouve son compte finalement : les arguments que sa mère invoque toujours, quand elles ont ce genre de discussion.

Mais non.

Elle souffle sur une mèche qui lui tombe dans les yeux. Qu'est-ce qu'Oliver avait dit déjà ? Qu'au moins son père à elle avait eu « le courage de *ne pas* s'incruster ». Elle se demande, à présent, s'il n'aurait pas raison. Difficile, pourtant, d'imaginer ce que leur vie aurait été si son père était rentré ce Noël-là, comme il était censé le faire, en abandonnant Charlotte derrière lui. Est-ce qu'ils auraient été plus heureux ? Ou est-ce que, comme dans la famille d'Oliver, ils auraient tous étouffé, écrasés de silence, oppressés par ce secret partagé, traînant leur malheur comme un boulet ? Elle sait bien que les non-dits peuvent prendre plus de place que les mots eux-mêmes, enfler comme ils l'avaient fait entre elle et son père, comme ils auraient pu le faire entre sa mère et lui, si les choses s'étaient passées autrement. Est-ce que c'était vraiment mieux comme ça ? Ils ne le sauraient jamais.

Il y a cependant une chose dont elle est sûre, c'est qu'aujourd'hui son père est heureux. Ça se voit. Son visage en est comme illuminé. Même maintenant, alors qu'il reste assis, tel un homme brisé, prostré sur le bord du lit, un homme qui a peur de tourner la tête et d'avoir à la regarder en face. Même maintenant, malgré tout ça, il y a une lueur au fond de ses yeux qui refuse de s'éteindre. C'est cette même lueur qu'elle a vue dans les yeux de sa mère quand elle est avec Harrison.

C'est cette même lueur qu'elle a cru voir dans les yeux d'Oliver quand il la dévisageait dans l'avion.

— Papa ? dit-elle d'une toute petite voix. Je suis contente que tu sois heureux, tu sais ?

Il est tellement stupéfait qu'il ne parvient pas à le cacher.

— C'est vrai ?

— Bien sûr.

Ils demeurent silencieux un moment, et puis il se tourne vers elle.

— Tu sais ce qui me rendrait plus heureux encore ?

Elle hausse des sourcils interrogateurs.

— Que tu viennes nous rendre visite un jour.

— « Nous » ?

Il a un petit sourire en coin.

— Oui, à Oxford.

Elle essaie d'imaginer à quoi leur maison peut bien ressembler. Mais tout ce qui lui vient à l'esprit, c'est le cliché du petit *cottage* typiquement anglais qu'on voit dans les films. Elle se demande s'il y a une chambre pour elle, là-bas. Elle ne se résout pas à lui poser la question. Même s'il y en avait une, elle serait bientôt pour le bébé, alors...

Avant qu'elle puisse répondre, on frappe à la porte. Ils se retournent dans un bel ensemble.

— Entrez, dit son père.

Violette apparaît sur le seuil. Hadley se marre intérieurement en la voyant tanguer légèrement sur ses hauts talons, une coupe vide à la main.

— Il vous reste trente minutes, leur annonce Violette, en agitant sa montre dans leur direction.

En arrière-plan, Hadley aperçoit Charlotte qui se penche sur son fauteuil capitonné, au centre du cercle que forment autour d'elle les autres demoiselles d'honneur.

— Non-non, prenez votre temps, leur lance-t-elle. Ce n'est pas comme s'ils risquaient de commencer sans nous.

Son père la consulte du regard, puis lui donne une petite tape sur l'épaule avant de se lever.

— Je crois qu'on en a fini ici, de toute façon, répond-il.

Comme elle se lève à son tour pour lui emboîter le pas, elle aperçoit son reflet dans la glace : ses yeux bouffis, ses joues mouillées, sans parler du reste.

— Je crois que je vais avoir besoin de…

— Absolument, la coupe Violette, en la prenant par le bras.

Elle fait signe aux autres jeunes femmes qui posent toutes leur verre comme un seul homme pour filer immédiatement dans la salle de bains. Quand elles sont regroupées autour du miroir et que chacune est armée d'un instrument quelconque – une brosse ou un peigne, un tube de mascara ou un fer à friser –, Violette passe à l'attaque, la soumettant à un feu roulant de questions :

— Alors, c'était pour quoi toutes ces larmes ?

Hadley voudrait bien secouer la tête, mais elle n'ose pas bouger tant il y a de petites mains qui s'affairent autour d'elle.

— Rien, répond-elle d'une voix tendue, tandis que Whitney l'examine d'un air hésitant, un tube de rouge à lèvres à la main.

— Ton père ?

— Non.

— Ça ne doit pas être évident, pourtant, intervient Hillary. De voir son père se remarier, je veux dire.

— Non, reconnaît Violette, accroupie devant elle. Mais ce n'était pas un chagrin filial, ça.

Whitney lui passe les doigts dans les cheveux.

— Quel genre de chagrin c'était, alors ? s'enquiert-elle.

244

— Des larmes comme ça ? C'est pour un garçon, affirme Violette avec un petit sourire.

— Oh ! j'adore ! s'exalte aussitôt Jocelyn, tout en s'escrimant à détacher sa robe avec un curieux mélange d'eau et de vin blanc. Raconte. Il est comment ?

Hadley se sent piquer un fard magistral.

— Non-non, ce n'est pas ce que vous croyez, se défend-elle. Je vous jure.

Échange de coups d'œil entendus. Hillary se marre.

— Alors ? Qui est l'heureux élu ?

— Personne, s'obstine Hadley. Non-non, franchement.

— Tu ne me feras pas croire ça une seule seconde, la taquine Violette, avant de se pencher en avant jusqu'à ce que son visage soit à la hauteur du sien dans la glace. Mais je vais te dire une bonne chose : quand on en aura fini ici, si ce garçon t'approche à moins de dix pas ce soir, il est perdu.

— Ne vous inquiétez pas, soupire-t-elle. Ça ne risque pas.

Il ne leur faut pas plus de vingt minutes pour accomplir leur deuxième miracle de la journée. Quand elles en ont terminé, Hadley a l'impression d'être quelqu'un d'autre, une personne qui n'a absolument rien à voir avec celle qui est revenue en boitant à moitié d'un enterrement, moins d'une heure avant. Les autres demoiselles d'honneur s'attardent dans la salle de bains pour s'occuper un peu d'elles et de leur propre tenue. Lorsqu'elle s'échappe de cette assourdissante volière, elle est surprise de ne plus trouver dans la suite que Charlotte et son père. Tous les invités ont regagné leurs chambres pour se préparer.

— Ouah ! s'extasie Charlotte, en décrivant un petit cercle de l'index.

Hadley s'exécute docilement, tournant sur elle-même comme un mannequin en bout de podium. Son père applaudit.

— Tu es superbe, la complimente-t-il.

Et Hadley sourit en regardant Charlotte qui se tient là, dans sa robe de mariée, avec sa toute nouvelle bague qui scintille à son doigt.

— C'est vous qui êtes superbe, lui dit-elle.

Parce que… eh bien, c'est vrai.

— Peut-être, mais ce n'est pas moi qui ai presque une journée de voyage derrière moi. Tu dois être absolument harassée.

En l'entendant prononcer ce mot, qui lui rappelle tellement Oliver, Hadley sent son cœur se serrer. Pendant des mois, l'accent de Charlotte avait suffi, à lui tout seul, à lui donner mal au crâne. Mais, maintenant, bizarrement, il ne lui semble plus si désagréable que ça. Elle croit même qu'elle pourrait finir par s'y habituer.

— Oh ! je *suis* harassée, lui répond-elle avec un sourire las. Mais ça valait vraiment le déplacement.

Les yeux de Charlotte pétillent.

— Tu m'en vois ravie. J'espère que ce n'est que le premier d'une longue série. Andrew me disait justement que tu pourrais venir bientôt nous rendre visite ?

— Oh ! euh… je ne sais pas.

— Ah mais si ! s'emballe aussitôt Charlotte, en retournant immédiatement dans le boudoir pour aller chercher son PC portable qu'elle rapporte, posé sur ses paumes comme un plateau, avant de débarrasser le dessus du bar du salon de quelques serviettes et autres dessous de verre pour faire de la place. Nous aimerions tant te voir chez nous. Et nous venons de refaire toute la décoration. Je montrais justement les photos tout à l'heure.

— Chérie, crois-tu vraiment que ce soit le moment de…, s'interpose son père.

Mais Charlotte ne le laisse pas finir.

— Oh ! cela ne prendra pas plus d'une minute, argue-t-elle en souriant à Hadley.

Elles se tiennent debout côte à côte devant le bar, attendant le chargement des images.

— Voici la cuisine, commente Charlotte, quand la première photo apparaît. Elle donne sur le jardin.

Hadley se penche pour mieux voir, essayant de repérer les similarités qu'il pourrait y avoir avec l'ancienne vie de son père : sa tasse à café, son imper, ou cette vieille paire de chaussons dont il refusait de se séparer. Charlotte fait défiler les photos et Hadley peine à garder la cadence tandis que, dans sa tête, elle tente de se représenter Charlotte et son père dans ces pièces, mangeant leurs œufs au bacon sur cette table en bois ou calant leur parapluie contre le mur, dans le hall d'entrée.

— Et voici la chambre d'amis, annonce Charlotte, en lançant un coup d'œil à son père, qui se tient en retrait, adossé au mur, les bras croisés, le visage fermé, impassible. *Ta* chambre pour quand tu viendras nous voir.

Le cliché suivant est celui du bureau de son père et Hadley plisse les yeux pour l'examiner de plus près. Bien qu'il ait laissé tous ses meubles dans le Connecticut, cette nouvelle version est pratiquement une copie conforme de l'ancienne : même bureau, mêmes rayonnages, jusqu'au porte-crayons qui semble familier. La disposition est identique, bien que la pièce paraisse un peu plus petite et que les fenêtres ne soient pas espacées de la même façon.

Charlotte raconte combien, dès qu'il s'agit de son bureau, il devient tatillon. Mais Hadley ne l'écoute plus. Elle est trop occupée à scruter les cadres accrochés aux murs.

— Attendez ! s'exclame-t-elle, quand Charlotte s'apprête à cliquer pour faire apparaître le cliché suivant.

— Ça te dit quelque chose ? lui demande son père, de l'autre côté de la pièce.

Mais elle ne se retourne pas. Parce que oui… oui, ça lui dit quelque chose. Et pour cause. Là, sous ses yeux, sur ces photos à l'intérieur de la photo, elle aperçoit leur jardin dans le Connecticut. Sur l'une d'entre elles, elle reconnaît même le portique qu'ils n'ont jamais démonté, bien qu'elle ait largement passé l'âge de faire de la balançoire, les haies qu'il arrosait de façon quasi obsessionnelle durant les étés particulièrement secs, la mangeoire pour les oiseaux qui viennent toujours se poser juste devant son bureau. Sur les autres, elle reconnaît les bouquets de lavande et le vieux pommier aux branches tarabiscotées. Quand il s'assied dans son fauteuil de cuir, à son nouveau bureau, il doit avoir l'impression d'être encore à la maison, tout en regardant le jardin par des fenêtres complètement différentes.

Soudain, son père est près d'elle.

— Tu les as prises quand, ces photos ? lui demande-t-elle.

— L'été où je suis parti pour Oxford.

— Pourquoi ?

— Parce que, répond-il tout bas. Parce que j'ai toujours adoré te regarder jouer par la fenêtre. Et aussi parce qu'il m'était impossible d'imaginer pouvoir travailler dans un autre bureau sans elles.

— Ce ne sont pourtant pas des fenêtres, tu sais ?

Son père sourit.

— Tu n'es pas la seule à avoir besoin d'imaginer des choses pour gérer certaines situations.

Elle éclate de rire.

— Parfois, continue-t-il, sur le ton de la confidence, j'aime à croire que je suis de retour à la maison.

Charlotte, qui a suivi cet échange avec un manifeste ravissement, reporte son attention sur son PC pour zoomer sur la photo en question.

— Vous avez un beau jardin, commente-t-elle, en pointant le doigt sur les minuscules bouquets de lavande tout pixelisés sur l'écran.

249

Hadley déplace son index de quelques centimètres vers la vraie fenêtre qui donne sur un petit jardin avec quelques rangées d'arbustes en fleurs.

— Vous aussi, lui répond-elle.

Charlotte sourit.

— J'espère que tu auras l'occasion de le voir prochainement.

Hadley lance un regard à son père qui lui étreint fugitivement l'épaule.

Qui aurait cru qu'elle répondrait « moi aussi » ?

16

New York : 13 h 48
Londres : 18 h 48

Lorsque les portes de la grande salle de réception s'ouvrent, Hadley se fige sur le seuil, les yeux écarquillés. Tout est blanc et argent, avec de gros bouquets de lavande trônant sur les tables dans des vases de verre géants. De chaque dossier tombe un ruban, et la pièce montée, avec son couple de mariés miniature au sommet, fait quatre étages. Les larmes de cristal des lustres semblent refléter l'éclat de l'argenterie, de la vaisselle étincelante, des mini-bougies scintillantes et des instruments de cuivre, calés contre les pupitres en attendant l'heure du bal. Même la photographe ès mariages, qui l'a devancée, baisse son appareil pour embrasser le décor du regard avec des petits hochements de tête admiratifs.

Un quatuor à cordes joue pianissimo en retrait, et le ballet des serveurs en frac et nœud papillon, avec leurs plateaux chargés de flûtes de champagne, ressemble à un spectacle sur glace. Juste au moment où elle attrape une coupe au vol, Monty croise son regard et lui fait un clin d'œil.

— Pas d'excès, jeune fille, lui lance-t-il.

Ça la fait rire.

— Ne vous inquiétez pas, c'est un refrain que je vais entendre toute la soirée dès que mon père sera arrivé.

Les jeunes mariés attendent encore en haut de faire leur entrée et elle a passé tout le cocktail en bavardages futiles à répondre à des questions débiles. Tout le monde semble avoir une anecdote à raconter sur « l'Amérique », on dirait. Tous meurent d'envie de voir l'Empire State Building (est-ce qu'elle y va souvent ?) ou ont prévu ce super circuit au Grand Canyon (est-ce qu'il y a des choses à voir qu'elle pourrait leur recommander ?) ou ont un cousin qui vient de déménager pour s'installer à Portland (elle le connaît peut-être, non ?).

Quand ils l'interrogent sur son séjour à Londres, ils paraissent très déçus qu'elle n'ait pas vu le palais de Buckingham, ni visité la Tate Modern, ni même fait du shopping sur Oxford Street. Maintenant qu'elle est là, c'est vrai qu'il est difficile d'expliquer pourquoi elle n'est venue passer qu'un week-end. Même si, hier encore – enfin, ce matin, en réalité –, elle n'avait qu'une seule idée en tête : faire une apparition et repartir le plus vite possible, comme si elle allait faire un hold-up ou avait un tueur en série aux trousses.

Un vieux monsieur, qui se trouve être le directeur du département dans lequel enseigne son père à Oxford, lui demande comment s'est passé son voyage.

— J'ai raté mon avion, en fait, lui confie-t-elle. À quatre minutes près. Mais j'ai pris le suivant.

— Quelle malchance ! compatit le vieux monsieur, en caressant sa barbe blanche. Vous avez dû vivre un véritable calvaire.

Elle sourit.

— Ça n'a pas été si terrible.

L'heure du dîner approchant, elle commence à regarder le plan de table pour savoir où elle est placée.

— Ne t'inquiète pas, lui souffle Violette, en paraissant à ses côtés. Tu n'es pas à la table des enfants.

— Quel soulagement ! plaisante-t-elle. Et je suis où alors ?

Violette passe les noms en revue et pointe le doigt.

— À la table la plus cool, avec les meilleurs, lui répond-elle, en se marrant. Avec moi. Et les mariés, naturellement.

— Ce que je suis gâtée !

— Alors, tu la sens mieux, cette histoire ? Andrew et Charlotte, le mariage…, précise-t-elle, en la voyant plisser le front.

— Ah ! En fait, oui.

— Bon. Parce que j'espère bien que tu reviendras quand on se mariera, Monty et moi.

— Monty ?

Elle la dévisage, sciée. Elle essaie sans succès de se rappeler si elle les a seulement vus se parler.

— Vous êtes fiancés, tous les deux ?

— Pas encore, reconnaît Violette, en pénétrant dans la salle. Mais ne prends pas cet air ahuri. J'ai un bon pressentiment.

Hadley lui emboîte le pas.

— Et c'est tout ? Un pressentiment ?

— C'est tout. Pour moi, pas de doute, c'est écrit.

— J'ai bien peur que ça ne marche pas comme ça, lui rétorque-t-elle, en fronçant les sourcils.

Mais Violette garde le sourire.

— Et si tu te trompais ?

Dans la grande salle de réception, les invités ont commencé à s'installer, fourrant pochettes et sacs à main sous leur chaise et dépliant leur serviette sur leurs genoux. Au moment où ils s'assoient à leurs places, elle surprend le sourire que Violette adresse à Monty à travers la table. Il laisse son regard s'attarder une petite seconde de trop avant de rebaisser la tête vers son assiette. L'orchestre s'accorde, une note égarée s'échappant de temps à autre de la trompette, et les serveurs circulent entre les tables avec des bouteilles de vin. Quand le brouhaha s'est un peu calmé, le chef d'orchestre règle son micro et s'éclaircit la gorge.

— Mesdames et messieurs…, commence-t-il.

Déjà le reste des convives à sa table (les parents de Charlotte et sa tante Marilyn, plus Monty et Violette) se tourne vers l'entrée de la salle.

— … je suis heureux de pouvoir vous présenter, en exclusivité, monsieur et madame Sullivan !

Acclamations dans la salle et crépitement des flashes. Tout le monde mitraille pour immortaliser ce grand moment. Hadley pivote sur sa chaise et pose le menton sur le dossier, tandis que Charlotte et son père s'encadrent dans la porte, main dans la main, souriant tous les deux comme des stars de cinéma, comme des têtes couronnées, comme le couple miniature perché sur la pièce montée.

Monsieur et madame Sullivan, songe-t-elle, les yeux brillants, en regardant son père lever le bras pour faire tourner Charlotte, dans une envolée de soie. La chanson ne lui dit rien, un truc juste assez enlevé pour leur donner l'occasion d'esquisser un petit pas de deux dès qu'ils ont atteint le centre de la salle, mais rien de trop recherché non plus. Elle se demande ce que représente cette chanson pour eux. L'avaient-ils entendue le jour où ils s'étaient rencontrés ? La première fois qu'ils s'étaient embrassés ? Le jour où son père avait annoncé à Charlotte qu'il avait décidé de rester en Angleterre pour de bon ?

Toute la salle est subjuguée par le couple sur la piste, cette façon qu'ils ont de se pencher l'un vers l'autre et de rire chaque fois qu'ils se séparent. Et pourtant, ils pourraient tout aussi bien danser dans une pièce vide. C'est comme si personne ne les regardait. Il y a quelque chose de tellement naturel dans ces petits coups d'œil qu'ils se lancent. Charlotte sourit dans le cou de son mari, joue contre joue, et il change la position de sa main pour nouer ses doigts aux siens. Entre ces deux-là, ça semble être l'osmose parfaite. Tout juste s'ils ne rayonnent pas dans la lumière dorée, glissant et tournoyant sous les regards de l'assemblée au grand complet.

Quand la chanson s'achève, tout le monde applaudit et le leader du groupe demande aux invités de rejoindre le couple sur la piste. Les parents de Charlotte se lèvent; un homme de la table voisine vient chercher tante Marilyn et, à sa grande surprise, Monty tend la main à Violette, qui adresse à Hadley un sourire radieux par-dessus son épaule en emboîtant le pas de son cavalier.

L'une après l'autre, toutes les demoiselles d'honneur se dirigent vers le centre de la pièce jusqu'à ce que la piste de danse soit fleurie de robes lavande et que les jeunes mariés disparaissent au milieu de la foule. Assise toute seule à la table, Hadley est plutôt soulagée de ne pas se retrouver là-bas avec tous ces gens, mais incapable, pourtant, d'ignorer ce sentiment de solitude qui lui tord soudain le ventre. Elle triture sa serviette, tandis que le serveur vient déposer un minipain dans la petite assiette prévue à cet effet. Quand elle relève la tête, son père se tient devant elle et lui tend la main.

— Où est passée ta femme? lui demande-t-elle.

— Je l'ai mise au clou.

— Déjà?

Il se marre.

— Prête à enflammer le dance-floor?

— Pas vraiment, soupire-t-elle, tandis qu'il l'entraîne vers le centre de la pièce où Charlotte, qui danse maintenant avec son père, les accueille avec un sourire radieux.

Non loin d'elle, Monty exécute une sorte de gigue avec une Violette morte de rire.

— Très chère, barytonne son père, en lui présentant sa main gauche pour la guider.

Elle y glisse sa main droite. Il la fait tournoyer dans une parodie de valse, avant de ralentir pour décrire des cercles que leurs pas saccadés et mal coordonnés rendent pour le moins chaotiques.

— Pardon, dit-il, quand il lui écrase les orteils pour la deuxième fois. Je n'ai jamais été très doué pour la danse.

— Tu t'en tirais plutôt bien avec Charlotte, pourtant.

— Oh ! c'est grâce à elle, lui assure-t-il avec un sourire attendri. Elle me fait passer pour meilleur que je ne suis.

Ils se taisent tous les deux pendant quelques accords, le temps pour Hadley de laisser errer son regard dans la pièce.

— C'est super, commente-t-elle. Tout est si beau.

— « Joie et contentement sont de puissants embellisseurs. »

— Dickens ?

Il opine du bonnet.

— Tu sais, j'ai enfin commencé *L'Ami commun*.

Le visage de son père s'illumine.

— Et ?

— Pas mal.

— Assez pour le lire jusqu'au bout ?

Elle revoit le bouquin là où elle l'a laissé : sur le capot d'une grosse voiture noire, devant l'église d'Oliver.

— Peut-être.

— Tu sais, Charlotte a tout de suite été emballée quand tu as parlé d'une éventuelle visite, chuchote-t-il, la tête penchée vers elle. J'espère que tu vas vraiment y réfléchir. Je me disais que ce serait bien vers la fin de l'été, juste avant la rentrée. Nous avons cette chambre d'amis que nous pourrions te réserver. Peut-être que tu pourrais y apporter quelques objets personnels que tu laisserais sur place pour qu'elle devienne vraiment ta chambre, un endroit qui...

— Et le bébé ?

À ces mots, son père la lâche subitement. Les bras lui en tombent et il a un mouvement de recul. Il la dévisage avec une telle expression de stupeur qu'elle n'est plus très sûre de ce qu'elle a entendu, finalement. La chanson se termine, mais, avant même que les dernières notes se soient évanouies, le groupe embraie directement sur une autre, un morceau entraînant très rythmé. Les tables recommencent à se vider : tout le monde se rue sur la piste, laissant les serveurs poser des assiettes de salade devant des chaises vides. Autour d'eux, les invités se mettent à danser, se balançant en riant et sautillant sans trop se préoccuper de garder ou non le rythme. Et, au milieu de toute cette joyeuse agitation, ils ne sont que deux à demeurer parfaitement immobiles : son père et elle.

— Quel... bébé ? lui demande-t-il, en détachant bien les mots comme s'il s'adressait à une gamine de cinq ans.

Hadley jette un regard affolé à la ronde. À quelques mètres de là, Charlotte leur lance un coup d'œil inquiet par-dessus l'épaule de Monty. Elle se demande manifestement ce qu'ils font à rester plantés là.

— J'ai entendu un truc, tout à l'heure, à l'église... hésite-t-elle. Charlotte a dit... et j'ai cru...

— À toi ?

— Quoi ?

— Elle te l'a dit à toi ?

— Non, à la coiffeuse. Ou à la maquilleuse, je ne sais pas. C'étaient juste des voix.

La tension qui crispait ses traits déserte peu à peu le visage de son père. Les plis sévères autour de sa bouche s'adoucissent.

— Écoute, papa. C'est bon. Y a pas de problème.

— Hadley…

— Non-non, ça va, je t'assure. Je ne m'attendais pas à ce que tu décroches ton téléphone pour m'annoncer ça, je veux dire. Ce n'est pas comme si on se parlait beaucoup, hein ? Mais je voulais juste te dire que je voudrais être là.

Il ouvrait déjà la bouche pour enchaîner, mais, en entendant ça, il s'arrête net et la dévisage en silence.

— Je ne veux pas passer encore à côté, débite-t-elle alors d'un trait. Je ne veux pas que le bébé grandisse en pensant que je suis une sorte de vague cousine éloignée, perdue de vue depuis des siècles, ou un truc comme ça. Du genre que tu ne vois jamais. Et, au lieu de faire du shopping avec elle ou de lui demander conseil ou même de te prendre la tête avec elle, tu finis par être juste super poli parce que tu n'as rien à lui dire et que tu ne la connais pas. Enfin pas vraiment. Pas comme une sœur ou un frère, en tout cas. Alors voilà, je veux être là.

— Tu veux être là, répète-t-il.

Et ce n'est pas une question. Il y a plutôt, dans ces mots-là, une sorte d'obstination, un espoir, comme

quand on souhaite secrètement un truc depuis longtemps et qu'on n'ose plus trop y croire.

— Oui.

La musique change à nouveau de tempo, ralentis-
sant pour enchaîner sur un morceau moins dansant, et
les gens commencent à regagner leurs places où leur
entrée les attend. Charlotte étreint fugitivement le
bras de son mari en passant. Elle est assez intelligente
pour comprendre que ce n'est pas le moment de les
interrompre et Hadley l'en remercie intérieurement.

— Et puis Charlotte n'est pas si mal, commente-
t-elle, en la suivant des yeux.

— Je suis content que tu le prennes comme ça,
répond son père, une petite lueur d'amusement dans
les prunelles.

Il n'y a plus qu'eux sur la piste, à présent, et tout
le monde les regarde. Elle entend bien le cliquetis
des verres et des couverts annonçant que les convives
commencent à dîner, mais elle est surtout éminem-
ment consciente d'être le point de mire.

— Je ne sais pas quoi dire, finit par avouer son père,
avec un haussement d'épaules.

Une nouvelle idée lui vient alors à l'esprit, un truc
auquel elle n'avait pas du tout pensé avant.

— Tu ne veux pas de moi dans ta nouvelle vie, c'est
ça ? lui demande-t-elle lentement, le cœur battant.

Son père secoue la tête et s'approche pour la prendre
par les épaules.

— Bien sûr que si. C'est mon plus cher désir. Mais,
Hadley… (Il resserre son étreinte pour l'obliger à le
regarder en face.) Il n'y a pas de bébé.

260

— Quoi ?

— Il y en aura un. Un jour, admet-il, l'air tout timide subitement. Nous l'espérons, du moins. Mais Charlotte est un peu inquiète parce qu'il y a des antécédents familiaux à ce niveau… Et puis elle n'est pas aussi jeune que… eh bien que ta mère l'était. Mais elle veut désespérément un enfant et, pour ne rien te cacher, moi aussi. Alors, on croise les doigts.

— Mais Charlotte a dit que…

— Elle est comme ça. Elle fait partie de ces gens qui croient qu'à force d'en parler ça finira bien par arriver. C'est comme si, en se projetant, par le simple exercice de sa volonté, elle essayait de faire de son rêve une réalité.

C'est plus fort qu'elle, Hadley ne peut pas s'empêcher de grimacer.

— Et ça lui réussit ?

Son père se marre en silence.

— Eh bien, elle parlait beaucoup de nous, et regarde où ça nous a menés, lui répond-il, en embrassant la pièce d'un ample geste de la main.

— C'est plutôt toi que les astres, à mon avis.

— C'est vrai, concède-t-il, en feignant le regret. Mais, quoi qu'il en soit, quand nous *aurons* un bébé, je te promets que tu seras la première informée.

— Ah oui ?

— Bien sûr ! Enfin, Hadley !

— Non, je me disais seulement qu'avec ces nouveaux amis que tu t'es faits…

Elle pointe le menton vers les invités.

— Allons, fillette. Tu es toujours ce que j'ai de plus cher au monde. Et puis, où voudrais-tu que je trouve une baby-sitter pour changer les langes, sinon ?

— Les couches, le reprend-elle, en levant les yeux au ciel. Ici, c'est peut-être encore le Moyen Âge, mais, chez nous, on appelle ça des couches, papa.

Il éclate de rire.

— Tu peux les appeler comme tu veux, tant que tu seras là pour les changer le moment venu.

— Je serai là, lui assure-t-elle, étonnée d'entendre sa voix trembler. Je serai là.

Elle ne voit plus trop quoi lui dire, après ça. Au fond, elle aimerait bien se pendre à son cou pour qu'il la serre dans ses bras comme quand elle était petite. Mais, là, c'est vraiment trop lui demander. Elle est encore secouée par la vitesse avec laquelle tout s'est précipité. Tant de terrain parcouru en une seule journée, après tant de temps à s'embourber dans un immobilisme acharné !

Son père semble l'avoir compris parce qu'il est le premier à réagir, lui entourant les épaules pour l'entraîner vers leur table. Blottie contre lui, là, comme elle l'a été des milliers de fois (en retournant à la voiture après le match de foot ou en quittant le bal annuel pères-filles des éclaireuses du Connecticut), elle se rend compte que, même si tout est différent, même s'il y a toujours un océan entre eux, rien de vraiment important n'a changé.

C'est toujours son père. Le reste n'est qu'une question de géographie.

17

New York : 18 h 10
Londres : 23 h 10

Tout comme sa claustrophobie qui réussit toujours à ratatiner même les plus grands espaces, quelque chose dans cette soirée – la musique, la danse ou peut-être tout bêtement le champagne – semble réduire les heures à des poignées de minutes. Ça lui rappelle ces films où le montage accélère brusquement l'action, les scènes se succédant comme autant de diapos et les conversations se réduisant à trois répliques.

Pendant le dîner, Monty et Violette portent chacun un toast – ponctué de rires, pour lui, de larmes, pour elle – et Hadley regarde Charlotte et son père qui écoutent, les yeux brillants. Un peu plus tard, quand la pièce montée a été découpée et que Charlotte a réussi à esquiver toutes les tentatives de revanche de son tendre époux parce qu'elle lui a mis de la crème chantilly sur le nez, on recommence à danser. Quand le café arrive, ils sont tous à moitié avachis à leur table, les joues rouges et les pieds en compote. Son père est bien calé avec elle, d'un côté, et, de l'autre, Charlotte qui, entre deux gouttes de champagne et deux miettes de gâteau, ne cesse de lorgner vers lui.

— J'ai encore quelque chose sur le nez ? finit-il par lui demander.

— Non. C'est-à-dire que… Eh bien, j'espère que tout va pour le mieux entre vous après votre petite discussion, tout à l'heure, sur la piste.

Il fait l'étonné.

— Une discussion ? Quelle discussion ? C'était censé être une valse. Entendrais-tu par là que j'ai mal exécuté les pas ?

Hadley lève les yeux au ciel.

— Il m'a écrasé les pieds au moins dix fois, confie-t-elle à Charlotte. Mais, en dehors de ça, pas de problème.

Son père ouvre la bouche comme un four, l'air ulcéré.

— Dix fois ? Impossible. Deux, tout au plus.

— Navrée, mon amour, lui rétorque Charlotte. Mais, à cet égard, j'ai le regret de devoir me ranger à l'avis de ta fille. Mes pauvres pieds endoloris sont là pour en témoigner.

— Mariée depuis quelques heures à peine et déjà tu discutes les vues de ton époux ?

Charlotte se gondole.

— Je te promets de discuter tes vues jusqu'à ce que la mort nous sépare, mon chéri.

De l'autre côté de la table, Violette salue cette sortie en levant son verre qu'elle tapote avec sa cuillère et, dans le cliquetis général qui s'ensuit, les jeunes mariés s'embrassent une fois de plus, jusqu'à ce qu'ils finissent par se rendre compte de la présence d'un serveur qui attend juste derrière eux pour enlever leurs assiettes.

Une fois ses propres couverts débarrassés, Hadley recule sa chaise et se penche pour récupérer son sac.

— Je crois que je vais aller prendre l'air, déclare-t-elle.

— Tu ne te sens pas bien ? s'alarme aussitôt Charlotte.

Et Monty lui fait un clin d'œil derrière sa flûte, comme pour lui dire qu'il l'avait bien prévenue de ne pas abuser du champagne.

— Non-non, je vais bien, s'empresse-t-elle de la rassurer. Je reviens tout de suite.

Son père s'adosse à sa chaise capitonnée avec un sourire entendu.

— Dis bonjour à ta mère pour moi.

— Quoi ?

Il désigne son sac du menton.

— Dis-lui bonjour pour moi.

Elle fait la grimace, honteuse d'avoir été si facilement démasquée.

— Eh oui ! je l'ai toujours, se félicite-t-il. L'infaillible sixième sens parental.

— Tu n'es pas aussi malin que tu le crois, le taquine-t-elle, en se tournant vers Charlotte. À ce niveau-là, vous le battrez sans mal, croyez-moi.

Andrew Sullivan passe un bras autour des épaules de sa femme et sourit à sa fille.

— Oui, dit-il, en déposant un baiser sur la tempe de Charlotte, je n'en doute pas.

Elle n'a pas fait deux pas qu'elle l'entend déjà régaler la tablée de petites histoires sur son enfance, toutes ces fois où il l'a sauvée, toutes ces occasions où il a eu une longueur d'avance. Elle se retourne à mi-chemin et il s'interrompt, les mains en l'air, comme s'il montrait la taille d'un poisson ou la longueur d'un champ ou quelque autre souvenir symbolique de son passé, et lui fait un clin d'œil.

À peine passé les portes de la salle de réception, Hadley, elle aussi, se fige, dos au mur. En voyant les autres clients de l'hôtel déambuler en jean-baskets, la bande-son du monde réel étouffée par la musique qui s'attarde dans ses oreilles, elle a un peu l'impression d'émerger d'un rêve. Tout est trop vif, trop éclatant et un peu irréel. Elle se dirige vers les portes à tambour et, une fois dehors, respire un bon coup, accueillant avec bonheur l'air frais et la brise insistante qui apporte l'odeur forte du fleuve.

Un large perron de pierre court tout le long de la façade de l'hôtel, pompeux, monumental, comme à l'entrée d'un musée, et elle va se rencogner sur le côté pour s'installer sur les marches. Dès qu'elle s'assoit, elle se rend compte qu'elle a une grosse caisse sous le crâne et des élancements dans les pieds. Et cette écrasante sensation de lourdeur... Elle essaie de se rappeler quand elle a dormi pour la dernière fois. Elle louche sur sa montre pour s'efforcer de calculer quelle heure il est chez elle et depuis combien de temps elle est éveillée. Mais les chiffres se mélangent dans sa tête et refusent de coopérer.

Son cœur fait un bond en voyant qu'elle a un nouveau message de sa mère sur sa boîte vocale. Elle a l'impression que ça fait des années qu'elles ne se sont pas vues. Bien qu'elle n'ait absolument aucune idée de l'heure qu'il peut être à la maison, elle compose le numéro et ferme les yeux en écoutant son téléphone sonner dans le vide.

— Ah ! enfin ! s'exclame sa mère en décrochant. C'était un vrai jeu de cache-cache par répondeurs interposés, cette histoire !

— Maman, marmonne-t-elle, en portant la main à son front. Je le crois pas !

— Je mourais d'envie de te parler. Comment vas-tu ? Quelle heure est-il là-bas ? Comment ça se passe ?

Elle prend une profonde inspiration et s'essuie le nez.

— Maman, je suis tellement désolée pour ce que je t'ai dit, juste avant de partir.

— C'est oublié, lui répond sa mère, après avoir marqué un temps. Je sais que tu ne le pensais pas.

— C'est vrai.

— Et, tu sais, j'ai réfléchi...

— Oui ?

— Je n'aurais pas dû te forcer à y aller. Tu es assez grande pour prendre ce genre de décision toute seule, maintenant. J'ai eu tort d'insister.

— Non-non, je suis bien contente au contraire. C'est bizarre, hein, mais, en fait c'est… plutôt cool.

Sa mère laisse échapper un petit sifflement.

— Vraiment ? J'aurais parié que tu m'appellerais pour changer de vol et avancer ton retour.

— Moi aussi. Mais ce n'est pas si terrible.

— Raconte. Je veux tout savoir.

— Je te raconterai, lui promet-elle, en écrasant un bâillement. Mais la journée a été longue.

— J'imagine. En attendant, dis-moi juste ça : comment est la robe ?

— La mienne ou celle de Charlotte ?

— Oh ! s'esclaffe sa mère. Alors comme ça, elle est passée de « cette bonne femme » à Charlotte : elle est montée en grade, apparemment, hum ?

Hadley sourit.

— Faut croire. Elle est plutôt sympa, en fait. Et la robe est jolie.

— Et avec ton père, c'est l'entente cordiale ?

— C'était un peu chaud au début, mais, maintenant, ça va. Ça va même très bien.

— Pourquoi, qu'est-ce qui s'est passé au début ?

— C'est encore une longue histoire. J'ai comme qui dirait filé à l'anglaise.

— Tu es *partie* ?

— J'étais obligée.

— Ton père a dû adorer. Mais où es-tu allée ?

Elle ferme les yeux et pense à ce que son père a dit au sujet de Charlotte, tout à l'heure, comme quoi elle parlait des choses qu'elle voulait voir arriver.

— J'ai rencontré ce garçon dans l'avion.

Sa mère glousse au bout du fil.

— Ah ! là, tu m'intéresses.

— Je suis allée le chercher. Mais ça a un peu viré au cauchemar et, maintenant, je ne le reverrai jamais.

Silence sur la ligne.

— Tu n'en sais rien, dit sa mère d'une voix radoucie. Tu n'as qu'à voir Harrison et moi. Tu n'as qu'à voir comment je l'ai fait tourner en bourrique. Et, pourtant, j'ai beau le repousser, il revient toujours. Heureusement !

— C'est pas vraiment pareil, là.

— J'ai hâte que tu me racontes quand tu rentreras.

— C'est-à-dire demain.

— C'est ça. Nous te retrouverons dans la salle des bagages, Harrison et moi.

— Comme une vieille chaussette qu'on a laissée tomber.

— Oh ! une valise entière plutôt ! plaisante sa mère. Et personne ne t'a laissée tomber, ma chérie.

— Qu'est-ce que tu en sais ? s'étrangle-t-elle d'une voix à peine audible.

— Eh bien, dans ce cas, tu ne tarderas pas à te relever. C'est juste une question de temps.

Son portable émet soudain deux « bips » rapprochés et elle l'éloigne de son oreille pour regarder l'écran.

— Je suis bientôt à plat.

— Toi ou ton téléphone ?

— Les deux. Et alors, qu'est-ce que tu fais pendant que je ne suis pas là ?

— Ce soir, Harrison veut m'emmener à je ne sais quel match de base-ball. Il n'a eu que ça à la bouche pendant toute la semaine.

Hadley se redresse.

— Maman, il va encore te demander en mariage.

— Hein ? Non !

— Oh si ! Je parie qu'il va même te le faire sur le tableau des scores ou un truc comme ça.

Sa mère émet une sorte de grognement.

— Oh non ! Jamais de la vie. Il ne ferait pas une chose pareille.

— Si-si ! insiste-t-elle, en se marrant. C'est exactement le genre de chose qu'il ferait.

Elles sont toutes les deux pliées de rire maintenant, incapables, l'une comme l'autre, de finir une phrase entre deux gloussements irrépressibles, et Hadley ne s'en prive pas. Elle en pleure. C'est génial de se laisser aller. Après une journée pareille, la moindre occasion de se lâcher est une véritable bénédiction.

— Peut-on imaginer plus ringard que ça ? finit par lui demander sa mère, en reprenant son souffle.

— Carrément pas, reconnaît-elle. (Elle marque un temps.) Mais maman ?

— Oui ?

— Je crois que tu devrais dire oui.

— Quoi ! s'exclame sa mère. (Sa voix vient de monter plusieurs octaves d'un coup.) Qu'est-ce qui t'est arrivé ? Il suffit que tu ailles à un mariage et te voilà qui joues les Cupidon ?

— Il t'aime, lui dit-elle tout simplement. Et tu l'aimes.

— C'est un peu plus compliqué que ça.

— Je ne pense pas, non. Tout ce que tu as à faire, c'est de dire oui.

— Et ils vécurent heureux jusqu'à la fin des temps ?

Elle se marre.

— Un truc dans le genre.

Son portable bipe de plus belle. De façon plus insistante, cette fois.

— Il ne reste plus beaucoup de temps, prévient-elle.

Sa mère s'esclaffe. Mais son rire sonne un peu faux.

— C'est une allusion ?

— Si ça peut t'aider à faire le bon choix…

— Depuis quand es-tu si mûre ?

Hadley hausse les épaules.

— Papa et toi devez avoir fait du bon travail.

— Je t'aime, murmure sa mère dans l'appareil.

271

— Moi aussi je t'aime, maman.

Et, tout à coup, comme sur commande, la communication est coupée. Elle reste assise là sans bouger pendant une ou deux minutes, et puis elle laisse retomber sa main, celle qui tient le téléphone, et se met à examiner les maisons alignées de l'autre côté de la rue.

Au même moment, une lumière s'allume derrière une des fenêtres à l'étage. Elle aperçoit la silhouette d'un homme qui borde son fils et se penche pour l'embrasser sur le front. Juste avant de quitter la pièce, l'homme appuie sur l'interrupteur et la chambre est replongée dans l'obscurité. Hadley pense alors à Oliver et se demande si le petit garçon aimerait avoir une veilleuse, lui aussi, ou si le baiser de son père suffit à lui garantir une bonne nuit de sommeil, un sommeil sans cauchemar, sans monstre ni fantôme.

Elle regarde toujours la fenêtre noire, à l'étage de cette petite maison, une parmi tant d'autres dans cette rue où elles sont toutes alignées, par-delà les lampadaires et les boîtes aux lettres mouillées, de l'autre côté de l'allée en fer à cheval qui conduit à l'hôtel, quand son propre fantôme apparaît.

Elle est aussi surprise de le voir qu'il a dû l'être quand elle s'est présentée devant cette église un peu plus tôt, à l'enterrement, et quelque chose dans cette apparition inespérée achève de la déstabiliser. Elle en a des crampes d'estomac. De quoi lui faire perdre le peu de sang-froid qu'elle avait réussi à garder et qui vole en éclats. Il s'approche lentement, son costume noir à peine visible dans la pénombre, jusqu'à ce qu'il arrive dans le halo de lumière que projettent les lanternes de l'hôtel.

— Salut, dit-il quand il parvient à sa hauteur.

Et, pour la deuxième fois de la soirée, Hadley se met à pleurer.

18

New York : 18 h 24
Londres : 23 h 24

Un homme monte les marches son chapeau à la main. Une femme monte les marches chaussée de cuissardes outrageusement sexy. Un jeune garçon monte les marches avec sa console de jeux. Une mère avec son bébé qui pleure. Un homme avec une moustache en balai-brosse. Un couple âgé avec le même pull. Un garçon avec une chemise bleue sans la moindre trace de sucre glace.

Il aurait pu arriver tellement de choses pour que ça se passe autrement.

Non mais imagine si ç'avait été quelqu'un d'autre ! se dit Hadley.

Son cœur frémit rien que d'y penser.

Un garçon monte les marches, un livre à la main.

Un garçon monte les marches avec la cravate de travers.

Un garçon monte les marches et vient s'asseoir à côté d'elle.

Il y a une étoile dans le ciel qui ne veut pas rester tranquille. Elle réalise que c'est un avion, en fait, et que, hier encore, cette étoile, c'étaient eux.

Personne ne parle, au début. Oliver est installé à quelques centimètres d'elle et regarde droit devant lui, comme s'il attendait qu'elle ait fini de pleurer. Rien que pour ça, elle l'embrasserait. Parce que c'est comme s'il la comprenait, une sorte de complicité.

— Je crois que tu as oublié quelque chose, finit-il par dire, en tapotant le bouquin sur ses genoux.

Comme elle se contente de s'essuyer les yeux et de renifler sans répondre, il se tourne quand même vers elle pour la regarder.

— Ça va ?

— C'est dingue le nombre de fois où j'ai pleuré aujourd'hui.

— Moi aussi.

Elle se sent aussitôt hyper mal. Eh bien, oui, évidemment, il a de bonnes raisons de pleurer, lui.

— Je suis désolée, soupire-t-elle.

— Oh ! ce n'est pas comme si on n'était pas prévenus, lui fait-il remarquer, avec un petit sourire. On nous le répète assez : quand on va à un mariage ou à un enterrement, on prend un mouchoir.

Dire qu'il arrive encore à la faire rire !

— Je suis bien sûre que personne ne m'a jamais conseillé de prendre un « mouchoir » de ma vie ! Un

« mouchoir » ! Ça existe encore, ici ? On dit un Kleenex, à la rigueur.

Le silence retombe entre eux, mais sans cette tension dont il était chargé, cet après-midi. Plusieurs
voitures viennent se garer devant l'hôtel dans un cris-
sement de pneus, les contraignant à cligner des yeux
dans la lumière des phares.

— Et toi, ça va ? lui demande-t-elle.

Il hoche la tête.

— Ça va aller.

— Ça s'est bien passé ?

— Je suppose. Pour un enterrement.

— Euh… oui, forcément. Désolée.

Elle a encore raté une belle occasion de se taire !

Il se tourne alors vers elle, juste un peu. Son genou
effleure le sien.

— Moi aussi, je suis désolé. Tous ces trucs que j'ai
déballés sur mon père…

— Tu étais bouleversé.

— J'étais en colère.

— Tu étais triste.

— J'étais triste. Je le suis toujours.

— C'était ton père.

Il opine du bonnet.

— Au fond, je regrette de ne pas avoir été comme
toi. De ne pas avoir eu le cran de lui dire ce que j'avais
sur le cœur avant qu'il soit trop tard. Peut-être que
les choses se seraient passées autrement. Toutes ces
années de silence… (Il secoue la tête.) Quel gâchis !

— Ce n'est pas ta faute, lui assure-t-elle, lui jetant un coup d'œil en coin. (Elle s'aperçoit alors qu'elle ne sait même pas comment son père est mort. Subitement, sans doute.) Vous auriez dû avoir plus de temps.

Il desserre sa cravate.

— Je ne suis pas persuadé que ça aurait changé grand-chose.

— Moi si, insiste-t-elle, une boule dans la gorge. Ce n'est pas juste.

Il détourne la tête, en clignant des yeux. Plusieurs fois. Lentement.

— C'est comme avec la veilleuse, avance-t-elle. (Il a beau secouer la tête, elle continue :) Peut-être que ce qui compte dans l'histoire, ce n'est pas qu'il ait été contre au début. Peut-être que ce qui compte, c'est qu'il soit revenu sur sa position à la fin. (Elle baisse encore la voix pour ajouter :) Peut-être que vous aviez juste besoin d'un peu plus de temps pour vous réconcilier.

— Elle est toujours là, tu sais, murmure Oliver au bout d'un moment. La veilleuse. Quand je suis parti, ils ont transformé ma chambre en chambre d'amis et monté mes affaires au grenier. Mais je l'ai vue ce matin, en allant déposer mes bagages. Si ça se trouve, elle ne marche même plus.

— Je parie que si.

Oliver sourit.

— Merci.

— De quoi ?

— De ça, ce moment. Toute ma famille est chez moi, mais j'avais l'impression de ne plus pouvoir respirer. J'avais besoin d'air.

Elle hoche la tête.

— Moi aussi.

— J'avais juste besoin… (Il lui jette un coup d'œil alarmé.) Ça ne pose pas de problème que je sois là ?

— Bien sûr que non, lui répond-elle, avec un peu trop d'empressement peut-être. Surtout après que j'ai…

— Que tu as quoi ?

— Débarqué sans prévenir à l'enterrement de ton père. (Elle fait la grimace rien que d'y repenser.) Sans compter que tu avais déjà de la compagnie…

Il regarde fixement ses chaussures en fronçant les sourcils pendant un temps, avant de saisir l'allusion.

— Oh ! C'était juste mon ex. Elle connaissait mon père. Et elle se faisait du souci pour moi. Mais elle n'était là qu'en tant qu'amie de la famille. Non, vraiment.

Incroyable, ce soulagement qu'elle ressent ! Elle n'avait pas réalisé à quel point elle avait prié pour que ce soit vrai.

— Je suis contente qu'elle ait pu venir, lui dit-elle. (Et elle est sincère.) Je suis contente que tu aies eu quelqu'un sur qui compter.

— Oui, mais elle ne m'a pas laissé de quoi lire, elle, lui fait-il remarquer, en plaquant la main sur le bouquin.

— Oui, mais elle ne t'a sans doute pas forcé à lui faire la conversation non plus.

— Ni charrié sur mon accent.

— Et elle n'a pas débarqué sans être invitée, elle.

— Tu n'es pas la seule : on est deux, lui rappelle-t-il, en regardant par-dessus son épaule vers l'entrée de l'hôtel, où le chasseur les observe d'un air soupçonneux. Qu'est-ce que tu fais dehors, d'ailleurs ?

Elle hausse les épaules.

— Crise de claustrophobie ?

— Non, ça s'est plutôt bien passé, à ce niveau-là, en fait.

— Tu as pensé au ciel alors ?

Elle lui lance un regard en coin.

— J'y ai pensé toute la journée.

— Moi aussi, reconnaît-il, en levant la tête.

Sans bien s'en rendre compte, insensiblement, ils se sont rapprochés. Bon, ils ne se collent pas non plus, mais il serait quand même difficile de glisser quelque chose entre eux. Il y a, dans l'air, comme une odeur de pluie et les hommes qui fument non loin d'eux écrasent leur cigarette pour retourner à l'intérieur. Le chasseur scrute le ciel sous la visière de sa casquette et l'auvent claque comme s'il allait s'envoler.

Une mouche se pose sur le genou d'Hadley, mais elle n'essaie pas de la chasser. Au contraire, ils la regardent s'agiter dans tous les sens pendant un moment avant de repartir, si vite qu'ils ont à peine le temps de la voir filer.

— Je me demande si elle est allée voir la Tour de Londres, lâche songeusement Oliver.

Elle le regarde sans comprendre.

— Notre petite copine dans l'avion, lui explique-t-il, avec un sourire complice. La passagère clandestine.

— Ah oui ! Oh ! j'en suis sûre. Elle est bien partie pour se faire la tournée des boîtes, à mon avis.

— Après une journée très chargée à Londres.

— Après une très loooongue journée à Londres.

— Interminable. Je ne sais pas toi, mais, moi, la dernière fois que j'ai dormi, c'était pendant ce film débile avec les canards.

Elle se marre.

— C'est pas vrai. Tu as comaté après. Sur mon épaule.

— Dans tes rêves.

— Alors là ! je te jure que si, insiste-t-elle, en lui donnant un petit coup de genou. Je me souviens de tout.

Il sourit.

— Tu te souviens donc d'avoir failli écharper cette pauvre dame dans la salle d'embarquement.

À son tour de jouer les offusqués.

— Moi ? Certainement pas. Et puis demander à quelqu'un de garder ta valise, ce n'est quand même pas demander la lune.

— Ça peut être un délit. Tout dépend de la façon dont on voit les choses. Tu as eu de la chance que je vienne à ton secours.

— Ben tiens ! s'esclaffe-t-elle. Mon beau chevalier blanc.

— Pour vous servir, milady.

— Je n'arrive pas à croire que c'était seulement hier. Tu te rends compte ?

Un autre avion passe dans le ciel au-dessus d'eux et elle se laisse aller contre lui pendant qu'ils suivent sa trajectoire, les yeux braqués sur les petits points lumineux. Finalement, il la repousse doucement pour se lever et lui tend la main.

— Et si on dansait ?

— Ici ?

— J'imaginais plutôt ça à l'intérieur, à vrai dire. (Il inspecte les alentours : le tapis qui recouvre les marches, le chasseur qui semble avoir du mal à tenir en place, les véhicules alignés devant l'entrée, puis il hoche la tête.) Mais pourquoi pas ?

Alors, Hadley se lève et défroisse sa robe. Oliver se redresse, place ses mains comme un vrai pro de la danse de salon : une dans son dos, l'autre en l'air, prêt à la guider. Sa posture est parfaite et son visage, hyper sérieux. Elle se glisse dans ses bras avec un sourire embarrassé.

— Je ne sais pas du tout danser comme ça.

— Je vais te montrer, lui affirme-t-il.

Mais ils n'ont toujours pas bougé d'un millimètre. Ils se tiennent juste là, en position, le sourire vissé aux lèvres, comme s'ils attendaient que la musique commence. Sa main dans son dos semble chargée d'électricité et rien que de se tenir si près de lui… elle en a le vertige. C'est une étrange sensation, comme un saut dans le vide, un trou de mémoire.

— J'arrive pas à croire que tu sois là, chuchote-t-elle. J'arrive pas à croire que tu m'aies retrouvée.

— C'est toi qui m'as retrouvé en premier…

Et, quand il l'embrasse, il se penche lentement, tout doucement, et elle sait que ce baiser-là sera celui qu'elle gardera dans son cœur éternellement. Parce que, si les deux baisers précédents avaient un goût de fin, celui-ci est, sans conteste possible, un commencement.

La pluie se met à tomber au même moment, une petite bruine rabattue de côté par le vent, qui se dépose sur eux comme une rosée nocturne. Lorsqu'elle relève la tête, elle voit une goutte tomber sur le front d'Oliver, puis lui couler jusqu'au bout du nez, et l'essuie d'un geste machinal, sans même y penser.

— On devrait rentrer, lui dit-elle.

Il hoche la tête en silence et lui prend la main. Il y a des gouttes de pluie accrochées à ses cils et il la regarde comme si elle était la réponse à quelque mystérieuse énigme. Ils pénètrent d'un même pas à l'intérieur. Sa robe est déjà constellée de tout petits pois mouillés et son costume est un peu plus foncé au niveau des épaules, mais ils sourient tous les deux comme si le ciel leur appartenait, comme s'ils ne pouvaient pas s'en empêcher.

Arrivée à la porte de la salle de réception, elle s'arrête et lui tire légèrement sur le bras.

— Tu es sûr que tu es prêt à te taper un mariage, là ?

Oliver la dévisage avec attention.

— Pendant tout ce vol, tu ne t'es pas doutée une seconde que mon père venait de mourir. Tu sais pourquoi ?

Elle n'est pas très sûre de vouloir répondre.

— Parce que j'étais avec toi, enchaîne-t-il sans lui en laisser le temps. Je me sens bien quand je suis avec toi.

— Merci, lui murmure-t-elle, émue.

Et elle se prend à se dresser sur la pointe des pieds pour l'embrasser sur la joue.

Mais la musique les appelle de l'autre côté. Alors, elle respire un grand coup et pousse la porte. La plupart des chaises sont vides parce que quasiment tout le monde est sur la piste en train de chalouper au rythme d'une vieille chanson d'amour. De nouveau, Oliver lui tend la main pour la guider à travers le dédale des tables, slalomant entre les parts de gâteau entamées, les flûtes à champagne poisseuses et les tasses à café vides, jusqu'à ce qu'ils atteignent le centre de la salle.

Hadley jette un regard circulaire, soudain indifférente à toutes ces paires d'yeux braquées sur elle. Les autres demoiselles d'honneur les pointent du doigt et pouffent comme des gamines. La tête posée sur l'épaule de Monty, qui la serre contre lui pour un slow langoureux, Violette lui fait un clin d'œil qui semble signifier « Alors, qu'est-ce que je t'avais dit ? ».

À l'autre bout de la pièce, Charlotte et son père en paraissent presque statufiés, faisant pratiquement du surplace pour les considérer, bouche bée. Mais, quand elle croise son regard, son père lui sourit d'un air entendu, et elle ne peut s'empêcher de lui rendre son sourire, radieuse.

Cette fois, quand Oliver la prend dans ses bras pour danser, il l'enlace étroitement.

— Où sont passées tes techniques *so British* de professionnel des thés dansants ? lui fait-elle remarquer, en se blottissant contre lui. Tout gentleman de sa Majesté n'est-il pas supposé savoir jouer les maîtres de ballet ?

Elle perçoit parfaitement le sourire dans sa voix quand il lui répond :

— Mon sujet d'étude porte sur les différents styles de danse : je dois expérimenter.

— Est-ce à dire, monsieur, que nous allons danser le tango sur le prochain morceau ?

— Seulement si vous vous sentez de taille à relever le défi, milady.

— Non, sans blague, c'est quoi ton vrai sujet de recherche ?

Il se recule légèrement pour la regarder dans les yeux.

— La probabilité statistique de l'amour au premier regard.

— Très drôle. Non, en vrai ?

— Mais je suis très sérieux.

— Je ne te crois pas.

Il éclate de rire. Et puis il se penche pour lui dire à l'oreille :

— Les rencontres qui ont lieu dans un aéroport ont soixante-douze pour cent plus de chance de conduire à une relation amoureuse que dans n'importe quel autre endroit.

— C'est n'importe quoi, commente-t-elle, en reposant la tête sur son épaule. Est-ce que personne ne t'a encore jamais dit ça ?

— Si, se marre-t-il. Toi. Un bon millier de fois rien qu'aujourd'hui.

— Eh bien, aujourd'hui est bientôt fini, lui fait-elle remarquer, en jetant un coup d'œil à la pendule dans son cadre doré, de l'autre côté de la pièce. Encore quatre minutes. Il est 11 h 56.

— Ça fait donc vingt-quatre heures qu'on s'est rencontrés.

— On dirait que ça fait beaucoup plus longtemps.

Il sourit.

— Savais-tu que les individus qui se rencontrent au moins trois fois sur une période de vingt-quatre heures ont quatre-vingt-dix-huit fois plus de chance de se revoir ?

Cette fois, elle ne se donne même pas la peine de le corriger. Parce que, pour une fois, elle aimerait croire que c'est vrai.

Remerciements

Statistiquement, il y a de grandes chances pour que ce livre n'ait jamais vu le jour sans les sages conseils et les encouragements de Jennifer Joel et Elizabeth Bewley. Je suis infiniment reconnaissante envers Binky Urban, Stephanie Thwaites et tout le monde chez ICM et chez Curtis Brown, la merveilleuse équipe de Poppy, mes collègues chez Random House ainsi que mes amis et ma famille qui m'ont toujours soutenue. Merci à tous.

« Pour l'éditeur, le principe est d'utiliser des papiers composés de fibres naturelles, renouvelables, recyclables et fabriquées à partir de bois issus de forêts qui adoptent un système d'aménagement durable. En outre, l'éditeur attend de ses fournisseurs de papier qu'ils s'inscrivent dans une démarche de certification environnementale reconnue. »

Édité par la Librairie Générale Française - LPJ
(58 rue Jean Bleuzen, 92178 Vanves Cedex)

Composition Belle Page
Achevé d'imprimer en Espagne par CPI
Dépôt légal 1re publication juin 2014
32.8507.9/02 - ISBN : 978-2-01-328507-0
Loi n° 49-956 du 16 juillet 1949 sur les publications destinées à la jeunesse
Dépôt légal : juillet 2015